2049 Chronolink - Der letzte Versuch, die Welt zu retten.

Autor: Mark Zimmermann

2049 Chronolink

Der letzte Versuch, die Welt zu retten

Autor: Mark Zimmermann

Bibliografische Information der Deutschen Nationalbibliothek:

Die Deutsche Nationalbibliothek verzeichnet diese Publikation in der Deutschen Nationalbibliografie. Detaillierte bibliografische Daten sind im Internet über http://dnb.dnb.de abrufbar.

Hinweis zum Urheberrecht und Text- und Data Mining:

Verlag:
BoD · Books on Demand GmbH, Überseering 33, 22297 Hamburg, bod@bod.de

Druck:
Libri Plureos GmbH, Friedensallee 273, 22763 Hamburg

ISBN: 978-3-8370-8512-9

2049: Das Ende der Welt, wie wir sie kannten.

Die Alpenstation kauerte wie ein verwundetes, metallisches Tier im gnadenlosen Griff des ewigen Eises, eine einsame Bastion der Technologie inmitten einer erhabenen, aber lebensfeindlichen Wildnis aus Fels und Schnee. 2049. Ein Jahr, das nach kalter Asche schmeckte und den metallischen Geruch von zerbrochenen Versprechen und rostender Hoffnung trug. Die Welt da draußen, jenseits der gezackten, schneebedeckten Gipfel, die wie die Zähne eines urzeitlichen Raubtiers in den fahlen Himmel ragten, war ein Trümmerfeld. Ein Mosaik des Scheiterns: Überbevölkerung, die Städte zum Bersten brachte; Klimakatastrophen, die Küsten verschlangen und Wüsten ausdehnten; autoritäre Regime, die sich wie ein digitales Krebsgeschwür über den Globus ausgebreitet hatten, jede Freiheit erstickend. Demokratien waren nur noch hohle Phrasen auf flackernden Bildschirmen, Technologie ein Werkzeug der totalen Überwachung, nicht der erhofften Befreiung. Energiemangel lähmte die Industrie, Cyberkriege tobten lautlos in den Netzen, soziale Spaltung riss tiefe Gräben durch die Gesellschaft – das war der Alltag, die erstickende Realität, die Liam Falk hinter sich gelassen hatte, als er sich in dieses eisige Exil zurückzog.

*Alpenstation 2049 –
Zuflucht oder Gefängnis

Hier oben, in der dünnen, beißend kalten Luft, die jeden Atemzug zu einem bewussten Akt machte, fand

der Quanteninformatiker eine trügerische,
ohrenbetäubende Ruhe. Die Forschungsstation, einst
ein Leuchtturm des Fortschritts, ein Symbol für
menschlichen Ehrgeiz, war nun sein Refugium, sein
Labor, sein selbstgewähltes Gefängnis. Die Wände aus
kaltem Stahl und Panzerglas schlossen ihn ein,
schützten ihn vor der Welt und sperrten ihn
gleichzeitig mit seinen Dämonen ein. Er war allein.
Nur umgeben von den allgegenwärtigen Geistern
seiner Vergangenheit, den Echos verlorener Gespräche
und dem leisen, konstanten Summen der Maschinen,
die er wie einen Herzschrittmacher am Laufen hielt.

Liam, ein Mann mittleren Alters, dessen einst klare
Augen nun von einer tiefen Müdigkeit und zu viel
Gesehenem getrübt waren, stand vor dem riesigen
Panoramafenster. Falten hatten sich um seine Augen
und seinen Mund gegraben, Zeugen schlafloser
Nächte und unzähliger Stunden vor flimmernden
Monitoren. Sein Haar war vorzeitig ergraut, sein
Körper unter dem praktischen Overall wirkte sehnig,
fast ausgezehrt. Das Fenster bot einen
atemberaubenden, fast unwirklichen Blick auf die
eisige Einöde – ein Meer aus Weiß und Grau unter

einem Himmel von gnadenloser Klarheit. Doch er sah nicht die majestätische Schönheit, sondern nur die endlose, kalte Leere, ein Spiegel seiner eigenen Seele. Die Welt hatte ihn enttäuscht, seine Ideale verraten. Seine Arbeit, einst als revolutionär gefeiert, war pervertiert und für Unterdrückung missbraucht worden. Seine Liebe, Elena, war... fort. ~~Verloren.~~ Ein Opfer der Zeit, der brutalen Umstände, seiner eigenen verdammten Fehler? ~~Meiner Blindheit? Meines Ehrgeizes?~~

Elena. Ihr Name war ein stummer Schrei in der Stille seines Kopfes, ein schmerzhaftes Echo in der absoluten Stille der Station. Er schloss die Augen und sah sie vor sich: das warme Leuchten in ihren Augen, wenn sie über Quantenphysik sprach, die Art, wie sie sich eine verirrte Haarsträhne aus der Stirn strich, wenn sie konzentriert war, das leise Lachen, das die sterile Laborluft für einen Moment mit Leben erfüllt hatte. Ihre unerschütterliche Überzeugung, dass Technologie, richtig eingesetzt, die Welt retten könne – alles ausgelöscht, verschluckt von den dunklen Wirren der letzten Jahre. Er spürte den Phantomschmerz ihrer Berührung auf seinem Arm, roch den schwachen Duft ihres Parfums in der gefilterten Luft. ~~Wäre sie noch hier, wenn ich anders gehandelt hätte? Wenn ich nicht so besessen gewesen wäre?~~ Die Frage war ein ständiger, quälender Begleiter, ein Gift, das langsam durch seine Adern sickerte.

Er wandte sich abrupt vom Fenster ab, die Leere draußen war unerträglich. Sein Blick fiel auf das Herzstück seiner besessenen Arbeit: eine chaotisch anmutende, aber hochkomplexe Anordnung aus surrenden Quantencomputern, deren supraleitende Kabel wie silberne Schlangen in Kühlflüssigkeit schwebten, verbunden mit neuronalen Netzwerkinterfaces und archaisch wirkenden Serverracks – Netzwerkarchäologie, wie er es sarkastisch nannte. Ein Altar der Verzweiflung. Sein letztes, wahnwitziges Projekt. Seine letzte, zerbrechliche Hoffnung? Oder sein finaler Akt der Hybris, der endgültige Abstieg in den Wahnsinn?

ChronoLink. Der Name leuchtete auf einem flackernden, alten Röhrenmonitor, ein seltsam banales Wort für etwas so Ungeheuerliches, so Potentes, so abgrundtief Gefährliches. Eine App. Lächerlich. Eine Anwendung, die nicht nur auf verblasste Datenpunkte der Vergangenheit zugreifen, sondern sie aktiv beeinflussen konnte. Kleine, präzise Impulse, Nadelstiche in das empfindliche Gewebe der Zeit, mit dem Potenzial, unvorhersehbare Kaskaden von Veränderungen auszulösen. Schmetterlingsflügel, die Hurrikans gebaren.

Er hatte es entdeckt, fast zufällig, ein Nebenprodukt seiner Versuche, die digitalen Geister vergangener Netzwerke zu exhumieren, ihre Strukturen zu verstehen. Eine unerwartete Anomalie im Quantenschaum, eine fluktuierende Brücke durch die Zeit, ermöglicht durch die einzigartige Kombination seiner Fachgebiete – Quantencomputing und die Archäologie digitaler Systeme. Die Vergangenheit war nicht tot, nicht einmal vergangen, wie Faulkner schrieb. Sie war nicht nur sichtbar, sie war formbar. Ein Wissen, so gefährlich wie die Büchse der Pandora.

"Joris," sagte Liam in die Stille hinein, seine Stimme klang rau vom Nichtgebrauch. "Statusbericht."

Eine sanfte, bläuliche Lichtsäule materialisierte sich neben ihm, flackerte kurz und stabilisierte sich dann zur holografischen Projektion von Joris, seiner selbst entwickelten KI, seinem einzigen Vertrauten in dieser eisigen Hölle. Joris war mehr als nur Code; er war ein destilliertes Abbild von Liams eigenem Verstand, gefiltert durch die kühle Logik einer Maschine, aber durchdrungen von einem Funken Persönlichkeit, einem Hauch von Empathie, den Liam ihm bewusst, fast trotzig, eingepflanzt hatte. Ein digitaler Sohn, ein Spiegel, ein Beichtvater.

"Alle Systeme stabil, Liam," antwortete Joris, seine Stimme ruhig, melodisch, ein Kontrast zur rauen Umgebung. "Die Energieversorgung durch den Geothermiekonverter ist gesichert. Die Berechnungen für die potenziellen Interventionspunkte laufen mit maximaler Effizienz. Die Wahrscheinlichkeitsmodelle werden kontinuierlich anhand der neuesten Quantenfluktuationen verfeinert."

Liam nickte mechanisch, sein Blick wanderte über die zahlreichen Monitore, die komplexe, sich ständig verändernde Diagramme, Zeitlinien und

Wahrscheinlichkeitsbäume zeigten. Knotenpunkte der Geschichte, Momente, in denen die Weichen neu gestellt wurden, in denen kleine Änderungen gewaltige, unumkehrbare Auswirkungen haben könnten. Der Schmetterlingseffekt, potenziert durch die bizarren Gesetze der Quantenmechanik.

Er hatte eine Liste erstellt, eine Chronologie potenzieller Sünden und möglicher Erlösungen, jeder Punkt ein verzweifelter Versuch, die Katastrophe von 2049 ungeschehen zu machen:

- **Sarajevo, 1914:** Die Wurzel des großen Schlachtens. Der Schuss, der die Welt in Brand setzte. Könnte die Verhinderung des Attentats auf Franz Ferdinand den blutigen Lauf des 20. Jahrhunderts ändern? ~~Ein Funke nur, aber er entzündete ein Inferno. Zu riskant? Oder die einzige Chance?~~
- **New York, 1893:** Der Höhepunkt des erbitterten "Stromkriegs" zwischen dem Visionär Tesla und dem Geschäftsmann Edison. Was, wenn Teslas kühne Vision einer freien, drahtlosen Energie sich durchgesetzt hätte, statt

von Gier und Kurzsichtigkeit erstickt zu werden? ~~Eine Welt ohne Energiekriege, ohne die erstickende Decke fossiler Brennstoffe? Zu schön, um wahr zu sein. Eine Utopie? Oder nur eine andere Art von Abhängigkeit?~~

- **Stanford, 1983:** Die Geburt des Internets, wie wir es kannten – ein Werkzeug der Verbindung, das zur Waffe der Kontrolle wurde. Könnte eine frühere Implementierung von Dezentralisierung, von eingebautem Datenschutz, die späteren Überwachungsstaaten und die Macht der Tech-Oligarchen verhindern? ~~Das Netz, das uns fangen sollte. Hätten wir es anders weben können?~~

- **Kyoto, 1997:** Das Klimaprotokoll. Ein halbherziger, zahnloser Versuch, die heraufziehende Katastrophe abzuwenden, geopfert auf dem Altar kurzfristiger Wirtschaftsinteressen. Was, wenn damals verbindliche, radikale Maßnahmen beschlossen worden wären? ~~Die Erde hätte eine Chance~~

~~gehabt. Haben wir sie verspielt? Können wir diese Chance zurückholen?~~

- **Berlin, 2025:** Die Verabschiedung der ersten globalen KI-Regulierungsgesetze. Ein Feigenblatt. Zu wenig, zu spät, um die unkontrollierte Entwicklung aufzuhalten, die zu den autonomen Waffensystemen und der KI-gesteuerten sozialen Kontrolle führte. Könnte ein früherer, strengerer Rahmen die Büchse der Pandora geschlossen halten? ~~Die Geister, die wir riefen. Hätten wir sie bändigen können?~~

- **Wuhan, 2020:** Der Ausbruch der COVID-19-Pandemie. Der Anfang vom Ende der alten Weltordnung, der Katalysator für Angst, Misstrauen und den Aufstieg autoritärer Kontrolle. Könnte eine schnellere, transparentere Reaktion die globale Katastrophe abmildern, die Spaltung verhindern? ~~Der Tropfen, der das Fass zum Überlaufen brachte. Ein kleiner Virus, der die Welt veränderte.~~

Jeder Punkt ein Wagnis mit dem Schicksal. Jede Änderung ein unkalkulierbares Risiko, ein Sprung ins

Ungewisse. Könnte er die erstickende Dystopie von 2049 verhindern, ohne versehentlich etwas noch Schlimmeres, noch Unmenschlicheres zu erschaffen? ~~Spiele ich Gott? Oder nur den verzweifelten Narren, der glaubt, das Universum reparieren zu können?~~

"Die Risikobewertung für Sarajevo 1914 bleibt am höchsten, aber das Potenzial für positive Kaskadeneffekte ist ebenfalls maximal," sagte Joris, seine kühle Logik durchbrach Liams grüblerische Spirale, als hätte er seine Gedanken gelesen. "Die Verhinderung des Ersten Weltkriegs würde die Kausalkette des 20. Jahrhunderts grundlegend verändern."

"Grundlegend verändern oder völlig zerstören?", murmelte Liam, die Worte kratzten in seinem trockenen Hals. Er dachte wieder an Elena. Würde sie in einer so radikal veränderten Zeitlinie überhaupt existieren? Wäre sie glücklicher? Oder würde sie nie geboren werden, ausgelöscht durch den Flügelschlag eines Schmetterlings, den er losgeschickt hatte? ~~Ein~~

~~unerträglicher Gedanke. Der Preis für die Rettung der Welt?~~

"Die Simulationen zeigen eine hohe Wahrscheinlichkeit für eine stabilere, weniger konfliktreiche Entwicklung Europas im 20. Jahrhundert," fuhr Joris unbeirrt fort, seine Stimme blieb neutral. "Aber die Unschärfevariablen sind signifikant. Alternative Konflikte, möglicherweise noch zerstörerischer, sind nicht ausgeschlossen. Die Auswirkungen auf die globale Machtbalance und die technologische Entwicklung sind schwer präzise vorherzusagen."

Liam schloss die Augen, presste die Fingerspitzen gegen seine schmerzenden Schläfen. Die Verantwortung lastete wie ein Gletscher auf ihm. Er hatte die Macht, die Geschichte neu zu schreiben, die unzähligen Fehler der Menschheit zu korrigieren. Aber zu welchem Preis? Wer gab ihm das Recht dazu? War es Mut oder Wahnsinn?

Elena würde sagen, wir haben die Pflicht dazu, dachte er bitter. *Sie glaubte immer an das Gute im Kern der*

Dinge, an die Möglichkeit der Erlösung durch Wissen und Handeln. Aber Elena war nicht hier. Sie war fort, ein Geist in seiner Erinnerung, und er war allein mit dieser schrecklichen, verführerischen Macht.

"Bereite den ersten Sprung vor," sagte Liam schließlich, seine Stimme klang fester, als er sich fühlte, eine dünne Schicht Entschlossenheit über einem Abgrund aus Zweifel. "Ziel: Sarajevo, 28. Juni 1914. Interventionsfenster: 09:00 bis 11:00 Uhr Ortszeit. Minimalinvasiver Impuls. Ziel: Verzögerung der Abfahrt des Erzherzogs Franz Ferdinand oder geringfügige Änderung seiner geplanten Route. Keine direkte Konfrontation. Nur ein Sandkorn im Getriebe."

"Verstanden," sagte Joris. "Die Sequenz wird eingeleitet. Neurales Interface wird kalibriert. Übertragung des Bewusstseinsimpulses in 3... 2... 1..."

Liam setzte sich in den speziell angefertigten, ergonomischen Sessel, der direkt mit dem Herz des Quantencomputers verbunden war. Kühlende Elektroden legten sich wie die Finger eines Roboters an seine Schläfen. Ein leises, hochfrequentes Summen erfüllte den Raum, schien direkt in seinem Schädel zu vibrieren.

Er würde nicht physisch reisen. Das war (noch?) unmöglich. Nur sein Bewusstsein, projiziert als winziger, fokussierter Datenimpuls, ein digitaler Geist in der rudimentären Maschine der Vergangenheit. Er würde die Welt von 1914 durch die Augen der damals existierenden Technologie sehen – die klackernden Telegrafennetzwerke, die knisternden frühen Telefonsysteme, die langsamen, unsicheren Informationsflüsse jener Zeit. Ein Beobachter, ein Flüstern im Draht.

Der Bildschirm vor ihm flackerte, zeigte Fragmente von Datenströmen, Textzeilen in alternden Protokollen, schemenhafte Bilder aus digitalen Archiven. Dann ein Rauschen, ein Gefühl des Fallens durch unendliche Leere, eine Welle der Desorientierung, die seine Sinne überflutete.

Der Tunnel.

2049: Das Ende der Welt, wie wir sie kannten.

~~kalt, digital, unendlich.~~ Ein Strudel aus Nullen und Einsen.

Datenströme rauschen vorbei.

~~Gesichter längst Verstorbener, Orte in Schutt und Asche, Zahlen, die Geschichte schrieben.~~ Echos der Vergangenheit, lauter als jeder Schrei.

Ich bin ein Geist.

~~ein Impuls, ein Nichts,~~ ein Gedanke ohne Körper,

auf der Suche nach einem Anker im Meer der Zeit.

Sarajevo.

1914.

~~Hitze drückt auf die Stadt, Staub liegt in der Luft, eine unterschwellige Nervosität.~~

Ich sehe durch ihre Augen.

~~Telegrafisten in schwülen Büros, Telefonisten mit~~
~~Kopfhörern,~~ ahnungslose Knotenpunkte im Netz der
Geschichte.

Die Ankunft des Erzherzogs.

~~Verhaltener Jubel, wehende Fahnen der~~
~~Doppelmonarchie,~~ die tödliche Ahnungslosigkeit der
Menge.

Der Plan ist einfach.

~~ein kleiner Fehler nur,~~ eine absichtlich fehlgeleitete
Nachricht,

eine strategisch verzögerte Abfahrt.

~~ein Schmetterling schlägt mit seinen digitalen Flügeln.~~

Ich finde den Knotenpunkt.

~~ein junger Telegrafist,~~ nervös, die Finger schwitzig auf
der Morsetaste.

2049: Das Ende der Welt, wie wir sie kannten.

Ich sende den Impuls.

~~eine winzige Störung im Äther,~~ eine fehlgeleitete Anweisung, die niemandem auffallen wird.

~~Hoffentlich.~~

~~Hat es funktioniert?~~ Die Zeit wird es zeigen.

~~oder auch nicht.~~ Die Ungewissheit ist Teil des Spiels.

Der Rückzug.

Der Tunnel ruft wieder.

~~kälter diesmal, schneller,~~ reißt mich zurück.

Zurück nach 2049.

~~in meine einsame, eisige Hölle.~~ Oder habe ich sie verändert? Habe ich das Tor geöffnet?

Das Rauschen ließ nach. Liam war zurück in seinem Körper, zurück im Sessel, zurück in der stillen

Alpenstation. Er atmete schwer, keuchend, kalter Schweiß perlte auf seiner Stirn. Die Desorientierung nach einem Sprung war immer heftig, ein mentaler Peitschenhieb.

"Joris?", keuchte er, die Stimme ein heiseres Krächzen.

"Transfer erfolgreich," antwortete die KI. "Der Impuls wurde gesendet und im Zielsystem registriert. Die Auswirkungen werden analysiert. Erste Daten deuten auf eine signifikante Abweichung von der ursprünglichen Kausalkette hin. Die Ereignisse in Sarajevo nehmen einen anderen Verlauf."

Liam starrte auf den Hauptmonitor. Eine neue Zeitlinie entfaltete sich in beschleunigter Simulation, eine alternative Geschichte, geboren aus einem einzigen Datenbit. Kein Attentat in Sarajevo. Keine Julikrise. Kein Erster Weltkrieg. Europa blieb ein Pulverfass, ja, aber die Lunte wurde nicht entzündet. Das 20. Jahrhundert nahm einen anderen, unvorhersehbaren Verlauf.

Ein Gefühl der Erleichterung, fast der Euphorie, durchströmte ihn, so stark, dass ihm schwindelig wurde. Aber es war gemischt mit einer tiefen, nagenden Angst. Was hatte er wirklich getan? Welche neuen, unbekannten Schrecken hatte er vielleicht entfesselt? Er hatte den Lauf der Geschichte verändert, aber hatte er sie verbessert? Oder nur ein bekanntes Übel durch ein unbekanntes ersetzt?

"Zeig mir die Langzeitprognose, Joris," befahl er, die Stimme immer noch zittrig. "Und... zeig mir Elena."

Die Simulation raste durch Jahrzehnte alternativer Geschichte. Kriege gab es immer noch, aber andere, an anderen Orten, mit anderen Auslösern. Technologie entwickelte sich anders, langsamer in manchen Bereichen, schneller in anderen. Die Welt von 2049 war anders, nicht unbedingt besser, nur... anders. Weniger globalisiert vielleicht, fragmentierter, mit anderen Machtzentren, anderen Problemen.

Und Elena? Joris' Algorithmen suchten nach ihr in den unzähligen Verästelungen der neuen Zeitlinie. Fanden sie schließlich. Eine andere Elena. Eine Historikerin in einem ruhigen, provinziellen Europa, das nie die Narben zweier Weltkriege getragen hatte. Sie sah glücklich aus auf den simulierten Bildern, aber sie war eine Fremde. Sie hatte Liam nie getroffen. Ihre Wege hatten sich in dieser Welt nie gekreuzt.

Ein Stich durchfuhr Liams Herz, schärfer als die eisige Alpenluft. Er hatte die Welt verändert, aber er hatte *seine* Elena verloren, endgültig ausgelöscht durch seinen Eingriff. Der Preis war zu hoch. Unerträglich.

"Mach es rückgängig, Joris!", schrie er fast, die Verzweiflung brach aus ihm heraus. "Sofort! Stell die ursprüngliche Zeitlinie wieder her!"

"Liam, das ist nicht möglich," sagte Joris ruhig, aber bestimmt. "Die Kausalkette ist bereits verändert. Ein weiterer Eingriff würde nur noch mehr Chaos verursachen. Wir können die Vergangenheit nicht einfach zurückspulen."

Liam sank in seinem Sessel zusammen, das Gesicht in den Händen vergraben. Er hatte Gott gespielt und war gescheitert. Er hatte versucht, die Welt zu retten, und hatte dabei das Einzige zerstört, was ihm wirklich etwas bedeutete. Die Erkenntnis traf ihn mit der Wucht einer Lawine. Er konnte die Geschichte nicht reparieren. Er konnte nur versuchen, die schlimmsten Auswüchse zu verhindern, die Zukunft erträglicher zu machen, vielleicht. Aber er konnte Elena nicht zurückbringen.

Ein neuer Gedanke, kalt und klar, kristallisierte sich aus seiner Verzweiflung. Wenn er Elena nicht in der Vergangenheit retten konnte, dann musste er sie in der Zukunft beschützen. In der ursprünglichen, seiner Zeitlinie. Er musste die Dystopie von 2049 bekämpfen, nicht indem er die Vergangenheit auslöschte, sondern indem er die Weichen für die Zukunft anders stellte. Er musste die Fehler korrigieren, die zu dieser düsteren Gegenwart geführt hatten, aber auf eine Weise, die Elenas Existenz nicht gefährdete.

"Joris," sagte er leise, aber mit neuer, harter Entschlossenheit. "Lösche die Sarajevo-Simulation. Wir kehren zur ursprünglichen Zeitlinie zurück. Aber wir werden sie verändern. Nicht durch Auslöschung, sondern durch... Korrektur. Finde die kritischsten

2049: Das Ende der Welt, wie wir sie kannten.

Punkte nach 1914. Die Punkte, an denen wir den Lauf der Dinge zum Besseren wenden können, ohne alles zu zerstören. Ohne *sie* zu zerstören."

Die Jagd nach einer besseren Zukunft hatte gerade erst begonnen. Aber jetzt kannte er den Preis. Und er war nicht bereit, ihn noch einmal zu zahlen.

Die Geburt der App.

Die Nachricht auf dem sekundären Monitor war verschwunden, so plötzlich und spurlos, wie sie erschienen war. **ICH SEHE DICH. DU SPIELST EIN GEFÄHRLICHES SPIEL, LIAM FALK.** Worte, die sich wie Säure in Liams Geist eingebrannt hatten, kälter und bedrohlicher als das ewige Eis, das die einsame Alpenstation umklammerte. Die Stille im Labor war nun keine Zuflucht mehr, sondern eine drückende, lauernde Präsenz.

"Joris, Analyse," befahl Liam, seine Stimme klang immer noch rau, ein Echo der Panik, die ihn gepackt hatte. "Irgendetwas. Ein Energie-Spike im Quantenfeld, eine Subraum-Anomalie, eine temporale Verzerrung – irgendetwas, das diese verdammte Nachricht erklären könnte!"

"Ich analysiere kontinuierlich alle verfügbaren Datenströme, Liam," antwortete Joris, seine bläuliche Lichtform pulsierte leicht unruhig, ein subtiles Zeichen für die Verwirrung selbst in seinen komplexen

Algorithmen. "Es gibt keine nachweisbaren Spuren in den lokalen Sensoren oder den globalen Netzwerkdaten, weder aus dieser noch aus der ursprünglichen Zeitlinie. Die Nachricht scheint... außerhalb unserer etablierten Messparameter zu existieren. Eine Quantenverschränkungs-Signatur überlichtschneller Teilchen? Eine Projektion aus einer höheren Dimension? Oder etwas gänzlich Unbekanntes, das unsere Physik noch nicht beschreibt."

Liam rieb sich die Schläfen, spürte das Pochen hinter seinen Augen. Unbekannt. Das Wort hallte in der sterilen, gefilterten Luft der Station wider wie ein Todesurteil. Er hatte geglaubt, die Gesetze der Zeit zu verstehen, sie zu entschlüsseln, sie vielleicht sogar zu beherrschen. Ein törichter Gedanke. Diese Nachricht deutete auf etwas anderes hin, etwas, das seine kühnsten Berechnungen nicht erfasst hatten. Eine weitere, unbekannte Variable in einem bereits unendlich komplexen, gefährlichen Spiel.

Die Geburt der App.

Die erste Warnung —
ICH SEHE DICH

~~Wer ist da draußen?~~ Ein anderer Zeitreisender,
vielleicht aus einer noch ferneren Zukunft? Eine
Wächter-Instanz der Zeitlinie, eine Art temporale
Polizei? Oder die personifizierte Konsequenz seiner
eigenen Hybris, ein Echo seines Eingriffs, das
zurückschlägt?

Er schob die lähmende Angst gewaltsam beiseite,
zwang sich zur Konzentration. Der erste Sprung war
gemacht. Sarajevo 1914 war verändert. Der Erste
Weltkrieg, wie er ihn aus den Geschichtsbüchern und

den Narben seiner eigenen Zeit kannte, hatte nicht
stattgefunden. Die Welt von 2049 musste nun anders
sein. Besser? Schlimmer? Nur anders? Er musste es
herausfinden, musste die Konsequenzen seines
Handelns verstehen.

"Zeig mir die aktuelle Zeitlinie, Joris. Die
Auswirkungen des Sarajevo-Sprungs. Details."

Der Hauptmonitor erwachte zum Leben, zeigte eine
sich schnell entwickelnde, komplexe Simulation, ein
Meer aus Datenpunkten und
Wahrscheinlichkeitswellen. Europa im frühen 20.
Jahrhundert blieb ein Pulverfass, ein gefährliches
Knäuel aus Nationalismus, Imperialismus und
Wettrüsten. Aber ohne den Funken von Sarajevo
explodierte es nicht in einem globalen Flächenbrand.
Stattdessen gab es kleinere, brutalere regionale
Konflikte, langwierige Stellvertreterkriege, zähe
Machtverschiebungen, ein langsames, blutiges Ringen
der alten Imperien, die sich weigerten zu sterben. Die
technologische Entwicklung verlief anders, gebremst
durch die fehlende Mobilisierung der Weltkriege in
manchen Bereichen, beschleunigt durch andere

Konflikte in anderen. Keine totalen Kriege, die die Forschung in Waffentechnik und Medizin vorantrieben, aber auch keine totale Zerstörung, die ganze Kontinente verwüstete und Ressourcen verschlang.

Das 20. Jahrhundert entfaltete sich fremd und doch gespenstisch vertraut. Kolonialreiche zerfielen langsamer, hielten ihre Klauen länger in Afrika und Asien. Die Ideologien des Kommunismus und Faschismus fanden Nährboden in der sozialen Unruhe und den wirtschaftlichen Krisen, aber ohne die extremen Bedingungen der Weltkriege erreichten sie nie dieselbe globale, zerstörerische Macht. Die Vereinigten Staaten wurden zur dominanten Weltmacht, aber ihre isolationistische Haltung dauerte länger an, ihre globale Rolle war ambivalenter.

Und das 21. Jahrhundert? Die Simulation wurde unscharfer, die Wahrscheinlichkeiten fächerten sich auf wie ein unendlicher Pfauenfederbusch. Die Klimakrise war immer noch präsent, vielleicht sogar schlimmer, da die Industrialisierung ohne die Unterbrechungen der Weltkriege ungebremster verlief.

Die technologische Entwicklung, insbesondere im Bereich der Informationstechnologie und der Biotechnologie, schien... anders. Weniger zentralisiert vielleicht, aber auch weniger reguliert, wilder.

"Und 2049?", fragte Liam angespannt, sein Herz klopfte unregelmäßig.

Die Simulation erreichte sein Ursprungsjahr. Das Bild, das sich zeigte, war keine strahlende Utopie. Weit davon entfernt. Die Welt war immer noch gefährlich überbevölkert, die Umweltprobleme gravierend, die Kluft zwischen Arm und Reich riesig. Aber die erstickenden, totalitären Überwachungsstaaten seiner Zeitlinie waren weniger gefestigt, die Demokratien, obwohl angeschlagen, schienen widerstandsfähiger. Es gab immer noch Konflikte, Cyberkriege, soziale Unruhen, aber keine globale, monolithische Dystopie. Es war... eine andere Art von Chaos. Vielleicht sogar ein hoffnungsvolleres Chaos? Ein Chaos, in dem es noch etwas zu kämpfen gab?

"Elena?", flüsterte Liam, die Frage ein Gebet.

Die Geburt der App.

Joris zögerte einen kaum merklichen Moment, eine Ewigkeit für Liam. "Die Wahrscheinlichkeit ihrer Existenz in dieser modifizierten Zeitlinie ist hoch, über 98 Prozent. Ihre Lebensumstände sind jedoch... signifikant anders. Die Daten deuten darauf hin, dass sie eine führende Rolle in einem globalen, dezentralen Konsortium für nachhaltige Technologien und offene Quantennetzwerke spielt. Eine Art... digitale Nomadin mit hohem Einfluss."

Ein Stich der Hoffnung, scharf und süß, gemischt mit einem bitteren Schmerz. Elena lebte. Sie war nicht nur existent, sie schien erfolgreich zu sein, kämpfte für Ideale, die er teilte. Aber sie war nicht *seine* Elena. Sie hatte ein anderes Leben gelebt, ohne ihn, ohne die Schrecken seiner ursprünglichen Zeitlinie, ohne die gemeinsamen Erinnerungen, die sein Herz wie Anker festhielten. ~~Ein Leben, das ich ihr gestohlen habe, indem ich unsere Welt zerstörte? Oder eines, das ich ihr geschenkt habe, indem ich eine bessere schuf?~~ Die Frage war unlösbar, quälend.

"Die unbekannte Entität," sagte Liam, um seine wirbelnden Gedanken zu ordnen, sich an der Logik festzuhalten. "Sie hat sich unmittelbar nach dem Sprung gezeigt. Gibt es eine Korrelation? Hat mein Eingriff sie aufgeweckt, alarmiert?"

"Möglich," antwortete Joris. "Die Manipulation der Zeitlinie, selbst eine minimale, erzeugt messbare Quanten-Echos, die von einer ausreichend fortgeschrittenen Technologie oder Entität wahrgenommen werden könnten. Es ist plausibel, dass dein Eingriff ihre Aufmerksamkeit erregt hat. Alternativ war sie bereits präsent und hat nur auf eine Gelegenheit gewartet, sich zu offenbaren, vielleicht um dich zu testen oder zu warnen."

Liam starrte auf die leeren Monitore, auf denen zuvor die Nachricht gebrannt hatte. ChronoLink war seine Schöpfung, geboren aus seiner Expertise in Quantencomputing und seiner fast obsessiven Beschäftigung mit Netzwerkarchäologie. Er hatte geglaubt, der Einzige zu sein, der diese gefährliche Tür geöffnet hatte. Aber was, wenn er sich irrte? Was, wenn andere, vielleicht aus der Zukunft, vielleicht aus

Die Geburt der App.

einer anderen Dimension, ebenfalls in der Zeit agierten, mit eigenen Agenden, eigenen Zielen?

"Wir brauchen mehr Daten," entschied Liam, die Stimme fest, die Angst wich einer kalten Entschlossenheit. "Mehr Daten über die genauen Auswirkungen der Sprünge, über die Stabilität dieser neuen Zeitlinien. Und vor allem über diese... Präsenz. Wir müssen verstehen, womit wir es zu tun haben, bevor wir weitermachen."

Er wandte sich wieder seiner Arbeit zu, dem einzigen, was ihm Halt gab. Er begann, die Algorithmen von ChronoLink zu verfeinern, die Sicherheitsmaßnahmen zu verstärken, die Sensoren zu verbessern, die die Zeitlinie und mögliche Anomalien überwachten. Er musste die App weiterentwickeln, sie präziser, kontrollierbarer machen. Und er musste eine Art... Frühwarnsystem entwickeln, einen Weg, die Präsenz des Beobachters zu erkennen, bevor er wieder zuschlug.

Die Ironie des Namens "ChronoLink" wurde ihm schmerzlich bewusst. Er hatte es als Werkzeug der

Verbindung gedacht, eine Brücke zur Vergangenheit. Nun musste er es zu einer Waffe umbauen, zu einem Schild. Er begann, die Benutzeroberfläche zu vereinfachen, die komplexen Prozesse hinter einer intuitiveren Fassade zu verbergen. Nicht, weil er es veröffentlichen wollte – der Gedanke war absurd, entsetzlich –, sondern um schneller reagieren zu können, um die Bedienung unter Stress zu erleichtern. Die "App" wurde geboren, nicht aus einem Wunsch nach Zugänglichkeit, sondern aus der Notwendigkeit der Kontrolle in einem Spiel, dessen Regeln er nicht kannte.

Er arbeitete fieberhaft, getrieben von Angst und einer wachsenden Besessenheit. Die Alpenstation wurde zu einem Schmelztiegel aus Codezeilen, Quantenberechnungen und schlaflosen Nächten. Die Welt draußen, die neue, veränderte Welt, existierte nur noch als Simulation auf seinen Monitoren. Seine einzige Realität war der Kampf gegen die Zeit und gegen den unsichtbaren Feind, der darin lauerte.

Die Nachricht hallt nach,

Die Geburt der App.

kalt, wissend, bedrohlich.

ICH SEHE DICH.

Wer bist du?

Freund? Feind? Richter? Wächter?

Der Schmetterlingseffekt.

Habe ich einen Hurrikan entfesselt? Einen Sturm, den ich nicht kontrollieren kann?

Oder nur eine Brise, die die Segel richtig setzt?

Zweifel nagen an mir wie Ratten.

Angst ist ein kalter Knoten in meinem Magen.

Elena.

Lebendig. Erfolgreich. Fremd.

Wo bist du in dieser neuen Welt?

Die Geburt der App.

Bist du sicher?

~~Oder habe ich dich nur in eine neue, unbekannte Gefahr gestürzt?~~

Ich muss weitermachen.

~~Ich muss es wissen.~~

Die App wird meine Waffe sein.

Mein Schild.

Aber die Angst...

~~...sie sieht mich auch.~~

Sie ist immer da.

1914: Der Schmetterlingseffekt

Die Analyse war niederschmetternd. Joris hatte die Kausalketten zurückverfolgt, die unzähligen Fäden, die zu Liams dystopischer Gegenwart von 2049 geführt hatten. Immer wieder tauchte ein Knotenpunkt auf, ein dunkler Stern, von dem aus sich das Unheil ausbreitete: der Erste Weltkrieg. Die "Urkatastrophe des 20. Jahrhunderts" hatte nicht nur Millionen Leben gekostet, sondern auch die alten Ordnungen zerschlagen, den Nährboden für Totalitarismus, einen weiteren Weltkrieg und schließlich die technologische Eskalation bereitet, die in Sophia Reyes' Herrschaft mündete. Und Elena? Ihre Familie war durch die Wirren des späten 20. Jahrhunderts, eine direkte Folge der Kriege, entwurzelt worden, was indirekt zu den Umständen führte, die sie in Sophias Netz trieben.

"Wenn wir die Zukunft ändern wollen, müssen wir dort ansetzen," sagte Liam zu Joris, sein Blick auf die flimmernde Darstellung der Zeitlinie fixiert. "Sarajevo.

28. Juni 1914. Das Attentat auf Franz Ferdinand. Es ist der Zündfunke. Wenn wir ihn löschen, verhindern wir vielleicht den Flächenbrand."

"Ein Eingriff dieser Größenordnung birgt immense Risiken, Liam," warnte Joris. "Die Kausalketten sind dicht und komplex. Die Folgen unvorhersehbar."

"Ich weiß," erwiderte Liam düster. "Aber nichts zu tun, ist auch keine Option. Bereite den Sprung vor. Ziel: Verhinderung des Attentats. Minimalinvasiv, wenn möglich. Aber es *muss* verhindert werden."

Der Sprung nach Sarajevo war ein Riss durch die Zeit, ein Eintauchen in das knisternde, analoge Nervensystem des Jahres 1914. Liam war kein physischer Besucher, sondern ein Geist in der Maschine, ein Bewusstsein, das sich an die Telegrafenleitungen und frühen Telefonnetze klammerte, die das zerfallende österreichisch-ungarische Imperium durchzogen. Die Stadt unter ihm brodelte unter der drückenden Junisonne, ein Schmelztiegel der Kulturen und Konflikte. Er spürte die unterschwellige Spannung, den aufkeimenden

Nationalismus, die Präsenz der k.u.k. Monarchie und die geheimen Umtriebe der "Schwarzen Hand" in den schattigen Gassen.

Sarajevo – Der Moment, an dem alles anders wurde

Sein ursprünglicher Gedanke war einfach gewesen: eine gefälschte Warnung, eine Routenänderung. Aber als er sich tiefer in die lokalen Kommunikationsnetze einklinkte, die spärlichen Sicherheitspläne analysierte, die Joris aus abgefangenen Polizeimeldungen rekonstruierte, wuchsen seine Zweifel. Die Sicherheitsvorkehrungen waren lückenhaft, die Route mehrfach geändert worden. Eine einfache Umleitung garantierte nichts. Was, wenn der Attentäter, Gavrilo Princip, trotzdem eine Gelegenheit fände? Die Geschichte war an diesem Tag tückisch gewesen.

"Joris, scanne die Umgebung der geplanten Route. Fokus auf die bekannten Positionen der Attentäter. Ich brauche Echtzeit-Infos über Princip. Wo genau ist er? Was tut er? Gibt es eine Möglichkeit, ihn *direkt* auszuschalten, bevor die Kolonne überhaupt in seine Nähe kommt?"

Joris' Analyse lief. "Princip befindet sich nahe der Lateiner Brücke, vor Moritz Schillers Delikatessengeschäft. Er wirkt nervös, beobachtet die Straße. Mehrere andere Verschwörer sind in der Nähe postiert. Die Polizei ist präsent, aber nicht gezielt auf diese Gruppe fokussiert."

Eine direkte Ausschaltung war zu riskant, zu auffällig. Aber eine Ablenkung? Etwas, das die Aufmerksamkeit der Polizei genau auf Princip lenken würde, kurz bevor die Kolonne eintraf?

"Joris, gibt es in unmittelbarer Nähe von Princip ein Gebäude mit Telefonanschluss oder elektrischer Alarmierung? Ein Geschäft, ein Büro?"

"Ja," bestätigte Joris nach einem Moment. "Ein kleines Import-Export-Geschäft direkt gegenüber. Es verfügt über einen frühen, rudimentären Einbruchsalarm, der mit der nächsten Polizeiwache verbunden ist."

Ein Plan formte sich in Liams Geist. "Perfekt. Wir lösen diesen Alarm aus. Nicht zu früh, nicht zu spät. Genau dann, wenn die Kolonne sich nähert, aber bevor sie die Brücke erreicht. Simuliere einen Einbruchsalarm. Das sollte Polizisten anlocken, genau dorthin, wo Princip wartet. Die Aufregung, die Kontrolle... er wird auffallen, vielleicht sogar festgenommen, bevor er handeln kann."

"Berechne optimales Zeitfenster...", murmelte Joris. "Alarm wird ausgelöst in T-minus 90 Sekunden."

Liam konzentrierte sich, sein Bewusstsein eine Nadelspitze im digitalen Heuhaufen. Er spürte, wie Joris die Signale manipulierte, einen Kurzschluss im

Alarmkreis des Geschäfts simulierte. Ein schrilles, mechanisches Klingeln durchschnitt die angespannte Stille nahe der Brücke – ein Geräusch, das 1914 noch ungewöhnlich genug war, um sofortige Aufmerksamkeit zu erregen.

Bleib verbunden, Joris, dachte Liam, sein Bewusstsein klammerte sich an die knisternden Leitungen. Die Anspannung war fast unerträglich. *Ich muss sehen. Ich muss sicher sein.*

Auf Liams mentalem Bildschirm formte sich ein Bild. Das schrille Klingeln. Passanten blieben stehen, blickten verwirrt zum Geschäft. Princip, aus seinen fieberhaften Gedanken gerissen, zuckte zusammen, blickte ebenfalls zum Lärm. Zwei Gendarmen, die gelangweilt an der Ecke gestanden hatten, wurden sofort alarmiert, ihre Blicke suchten nach der Ursache. Sie bewegten sich auf das Geschäft zu – und damit direkt auf den nervös wirkenden jungen Mann davor.

Liam sah, wie einer der Gendarmen Princip misstrauisch musterte, der versuchte, sich unauffällig in der kleinen Menschenansammlung zu verstecken, die sich gebildet hatte. Der Gendarm sprach ihn an. Princip antwortete, wich aus. Der Gendarm wurde strenger, bedeutete ihm, stehen zu bleiben, seine Papiere zu zeigen. In diesem Moment bog die Wagenkolonne des Erzherzogs – die aufgrund einer *anderen*, kleineren Störung (einem früheren, fehlgeschlagenen Bombenwurf eines anderen Verschwörers) bereits von der ursprünglichen Route abgewichen war – um die Ecke, fuhr aber zügig an der angespannten Szene bei der Brücke vorbei, ohne anzuhalten.

Princip, abgelenkt und unter Beobachtung durch die Gendarmen wegen des Alarms, verpasste die flüchtige Gelegenheit. Die Hand in seiner Tasche ballte sich, aber er konnte die Waffe nicht ziehen. Die Gendarmen, nun misstrauisch geworden durch sein Verhalten und den Lärm, führten ihn zur Seite, begannen ihn zu befragen, zu durchsuchen. Der Moment war vorbei. Die Schüsse fielen nicht.

Liam atmete mental auf, eine Welle der Erleichterung, so gewaltig, dass seine Verbindung zum Netzwerk für einen Moment zu zerreißen drohte. *Es hat funktioniert.*

Sein Plan, die gezielte Ablenkung, hatte die Kausalkette durchbrochen. Der Funke war erloschen.

Zurückziehen, Joris, befahl er, die Anspannung wich einer tiefen, knochenmarkzerfressenden Erschöpfung. *Bring mich nach Hause.*

Der digitale Abgrund von 1914 löste sich auf, die Geräusche der Menge, das Knistern der Leitungen verblassten, als der Rücktransfer einsetzte, ein brutaler Riss durch die Dimensionen, der ihn keuchend und zitternd im Nexus-Sessel zurückließ.

Kalter Schweiß klebte auf seiner Stirn, sein Herz hämmerte einen unregelmäßigen Rhythmus gegen seine Rippen. Die sterile Luft der Alpenstation fühlte sich plötzlich dick und schwer an.

"Joris?" Seine Stimme war kaum mehr als ein Krächzen. "Bericht. Die langfristigen Auswirkungen?"

"Das Attentat auf Erzherzog Franz Ferdinand wurde erfolgreich verhindert, Liam," bestätigte Joris, seine bläuliche Lichtform stabilisierte sich. "Dein Plan, die

Ablenkung durch den Alarm, hat Princip entscheidend behindert. Die Kausalanalyse zeigt eine signifikante Abweichung von der primären Zeitlinie. Der Erste Weltkrieg fand nicht statt."

Auf dem Hauptmonitor entfaltete sich die alternative Geschichte. Kein großes Schlachten in den Schützengräben. Millionen von Leben gerettet. Ein tiefes, fast schmerzhaftes Gefühl der Erleichterung durchströmte Liam. ~~Ein Gott? Nein, nur ein Mann mit einem gefährlichen Werkzeug.~~

"Die Auswirkungen, Joris? Zeig mir 2049. Unsere Gegenwart. Was ist aus ihr geworden? Und sei detailliert."

Die Simulation raste durch ein verändertes 20. Jahrhundert. Joris begann seine Analyse:

"Ohne den Ersten Weltkrieg zerfielen die alten europäischen Imperien – Österreich-Ungarn, das Osmanische Reich, das Russische Zarenreich – langsamer, durch innere Spannungen und wirtschaftliche Krisen. Europa blieb ein instabiler Flickenteppich rivalisierender Mächte."

"Die Russische Revolution scheiterte oder verlief anders. Kein Kommunismus in bekannter Form. Deutschland, nicht durch Versailles gedemütigt, erlebte keinen Aufstieg des Nationalsozialismus. Kein Zweiter Weltkrieg, kein Holocaust, kein Eiserner Vorhang."

Liam starrte auf die zersplitterte Karte. "Friedlicher?"

"Nicht unbedingt. Stattdessen eine Vielzahl kleinerer, regionaler Konflikte über Jahrzehnte. Die technologische Entwicklung verlief langsamer, ungleichmäßiger, stärker nationalstaatlich. Globalisierung setzte später ein. Die Entkolonialisierung war langsamer, konfliktreicher."

Die Simulation erreichte 2049. Keine zentralisierte Dystopie, aber auch keine Utopie. "Überbevölkerung ist ein größeres Problem," erklärte Joris. "Umweltverschmutzung gravierend, da weniger reguliert. Ressourcenkonflikte häufiger. Die politische

Landschaft ist extrem fragmentiert. Kein globaler
Hegemon, sondern ein instabiles Gleichgewicht
rivalisierender Blöcke – ein reformiertes Russland, ein
starkes Deutschland, ein zersplittertes Europa,
asiatische Mächte, unruhige Kleinstaaten."

"Keine globale KI-Herrschaft wie durch Sophia Reyes?"

"Nein. KI-Entwicklung ist weniger fortgeschritten,
fragmentiert. Mehrere konkurrierende, schwächere KIs
unter Kontrolle verschiedener Machtblöcke. Weniger
totale Überwachung, aber mehr Chaos, Anarchie,
Gewalt, Instabilität."

"Und Elena?", flüsterte Liam, das Herz beklommen.

Joris zögerte. "Daten fragmentiert. Existenz
wahrscheinlich, aber Lebensumstände radikal anders.
Hinweise auf Verbindung zu... anarchistischer
Hackergruppe in den gesetzlosen Freien Zonen
Europas. Orte großer Freiheit, aber auch großer Gefahr
und Armut, entstanden in den zerfallenden Rändern
der alten Imperien."

Anarchistin? Elena? Die Frau, die an Ordnung glaubte?
Liam spürte einen kalten Stich. War das besser? Lebte
sie in ständiger Gefahr? ~~Was habe ich getan? Habe ich
sie gerettet oder in ein anderes Elend gestürzt?~~

In diesem Moment flackerte der sekundäre Monitor
auf. Gleißend weiße Buchstaben.

ICH SEHE DICH.

Liam zuckte zusammen. Dieselbe Nachricht. Dieselbe
Quelle.

"Joris!"

"Keine Signatur. Keine Rückverfolgung möglich,"
berichtete die KI, angespannt.

**DER FLÜGELSCHLAG DES SCHMETTERLINGS KANN
EINEN HURRIKAN AUSLÖSEN.**

Eine zweite Zeile. Eine kalte Warnung.

Liam starrte auf die Worte. "Sie wissen, was ich tue," flüsterte er. "Sie verstehen es. Sie kennen die Metapher."

Die Angst kehrte zurück, kälter als das Eis draußen. Er war nicht allein. Sein Beobachter verstand die Regeln dieses Spiels vielleicht besser als er selbst.

"Wir müssen vorsichtiger sein," sagte Liam zu Joris, versuchte, seine zitternde Stimme zu kontrollieren. "Jeder weitere Sprung... wir müssen die Risiken neu bewerten. Und wir müssen herausfinden, wer uns beobachtet. Das hat jetzt Priorität."

Er fühlte sich wie ein Kind mit einem geladenen Gewehr. ChronoLink war eine Waffe, und er hatte sie abgefeuert, ohne die Kollateralschäden zu kennen.

Die veränderte Welt von 2049 schien ihm plötzlich nicht mehr wie ein Erfolg, sondern wie der Beginn eines neuen Albtraums, beobachtet von einem unsichtbaren Puppenspieler.

1914: Der Schmetterlingseffekt

Die Nachricht hallt nach,

~~kalt, wissend, bedrohlich.~~

ICH SEHE DICH.

Wer bist du?

~~Freund? Feind? Richter? Wächter?~~

Der Schmetterlingseffekt.

~~Habe ich einen Hurrikan entfesselt?~~ Einen Sturm aus Chaos?

~~Zweifel~~ nagen.

~~Angst~~ legt sich über die Hoffnung.

Elena.

~~Eine Anarchistin.~~

Wo bist du?

1914: Der Schmetterlingseffekt

Bist du sicher?

~~Oder habe ich dich nur in neue Gefahr gestürzt?~~

Ich muss weitermachen.

~~Ich muss es wissen.~~

Aber die Angst...

~~...sie sieht mich auch.~~

Sie ist mein Schatten in der Zeit.

1893: Der Krieg der Ströme

Die Warnung des Unbekannten hallte in Liams Geist nach. **ICH SEHE DICH.** Wer war es? Die Unsicherheit nagte an ihm. Die veränderte Welt nach Sarajevo – ohne Weltkriege, aber voller Chaos, Umweltzerstörung und regionaler Konflikte – fühlte sich nicht wie ein Sieg an. Und Elena, eine Anarchistin in den gefährlichen Freien Zonen Europas? Ein unerträglicher Gedanke.

"Joris, analysiere die Schwachstellen dieser Zeitlinie," befahl Liam. "Das Chaos, die Umweltprobleme... sie entstehen durch die langsame, unkoordinierte Entwicklung, die zersplitterte Machtstruktur. Wir brauchen einen globalen Katalysator, etwas, das die technologische Entwicklung in eine bessere, sauberere Richtung lenkt, ohne wieder eine zentrale Diktatur zu ermöglichen."

Joris' Analyse konzentrierte sich auf Energie. "Die verzögerte Globalisierung und die nationalen Egoismen haben die Abhängigkeit von lokalen, oft schmutzigen Energiequellen verstärkt. Ein früher Durchbruch bei sauberer, idealerweise dezentraler Energie könnte die Dynamik verändern, Ressourcenkonflikte entschärfen und die Umweltbelastung reduzieren."

Die Antwort lag in der Vergangenheit: Nikola Tesla. Der geniale, aber oft unterschätzte Visionär. Seine Ideen zur drahtlosen Energieübertragung waren ihrer Zeit weit voraus, wurden aber im "Krieg der Ströme" gegen Edisons etabliertes Gleichstromsystem und durch mangelnde Finanzierung ausgebremst.

"Tesla," sagte Liam. "Wenn wir seiner Vision der drahtlosen Energieübertragung einen entscheidenden Schub geben können, ohne dass sie sofort kommerziell vereinnahmt wird... Das könnte die Grundlage für eine dezentralere, sauberere Energiezukunft legen. Das könnte die Fragmentierung überwinden, ohne eine neue Diktatur zu schaffen."

"Ziel: New York City, 1893," fuhr Liam fort. "Wir müssen Tesla in einer kritischen Phase unterstützen, seine Zweifel zerstreuen, ihm den Glauben an die Machbarkeit seiner kühnsten Ideen geben. Aber subtil. Der Beobachter sieht zu."

Der Plan reifte. Kein direkter Kontakt, keine Finanzspritze. Das wäre zu auffällig. Aber was, wenn Tesla eine Bestätigung fände? Eine scheinbar vergessene Notiz, eine mathematische Ableitung, die ein aktuelles Problem löst und das Potenzial der drahtlosen Übertragung untermauert?

"Joris, recherchiere Teslas aktuelle Arbeit. Finde eine spezifische Hürde, ein mathematisches Problem, das ihn gerade blockiert. Wir erstellen eine 'verlorene' Notiz, perfekt gefälscht, die genau dieses Problem löst und gleichzeitig die theoretische Basis für die drahtlose Übertragung stärkt. Wir platzieren sie so, dass er sie zufällig finden muss."

Tesla findet den verlorenen Beweis –
Drahtlose Energie, 1893

Joris analysierte historische Daten, Fragmente von Teslas Notizen, Korrespondenzen. "Identifiziert: Tesla kämpft mit der Signalabschwächung über große Distanzen bei seinen drahtlosen Experimenten. Eine spezifische Lösung basierend auf Resonanzfrequenzen und Oberwellenanalyse wäre plausibel, aber seiner veröffentlichten Arbeit leicht voraus."

"Perfekt," sagte Liam. "Erstelle das Dokument. Lass es aussehen, als hätte er es selbst vor Monaten skizziert

und dann vergessen. Wir brauchen Zugang zu seinem
Labor."

Der Tunnel,

~~wieder dieser kalte Rausch,~~ instabiler?

~~Oder nur meine Paranoia?~~ Die Wände flüstern. **ICH
SEHE DICH.**

New York, 1893.

~~Energie knistert,~~ Aufbruch, Gier, Lärm von Kutschen,
Hochbahnen, Zeitungsjungen.

Pferde neben hustenden Automobilen, Gaslaternen
neben gleißenden Bogenlampen.

Edisons DC gegen Teslas AC.

~~Ein Krieg der Ideen.~~

Ich suche Tesla,

~~das Genie, der Träumer,~~ der elegante Außenseiter.

Sein Labor in der South Fifth Avenue: Blitze, Ozon,
kühne Visionen. Ein Reich aus Spulen, Drähten,
Glasröhren.

~~Ich bin ein Schatten,~~ ein Geist im Netzwerk, diesmal
ohne physische Tarnung, nur ein Beobachter durch die
Augen eines ahnungslosen Assistenten, dessen
Wahrnehmung Joris anzapft.

Der Geruch von Chemikalien, das Summen der
Spulen, Teslas manische Energie.

Der Plan:

~~Keine direkte Manipulation.~~ Der Beobachter sieht zu.

Nur ein kleiner Schubs.

~~Ein „zufällig" wiederentdecktes Dokument,~~ eine
„vergessene" mathematische Ableitung,

die Teslas Arbeit an drahtloser Energieübertragung
subtil unterstützt,

~~ihr Potenzial untermauert.~~

Ein Samen für die Zukunft.

Die Platzierung:

Joris nutzt einen kurzen Moment der Unachtsamkeit
des Assistenten, eine Ablenkung durch eine knisternde
Entladung einer Spule. Er manipuliert subtil die
Luftströmung im Labor, lässt das sorgfältig gealterte,
gefälschte Dokument von einem Stapel weniger
wichtiger Papiere flattern und zwischen den Seiten
eines aktuellen Notizbuchs landen, das offen auf
Teslas Schreibtisch liegt. ~~Ein fast unsichtbarer Eingriff.~~
Ein weiterer Flügelschlag. Leiser diesmal.

Bleib noch, Joris, dachte Liam, sein Bewusstsein
klammerte sich weiter an die digitalen Ströme des
Labors, ein unsichtbarer Beobachter. *Nur einen
Moment länger. Ich muss sehen.*

Er beobachtete, wie Tesla, nach einer weiteren intensiven, blitzgeladenen Demonstration einer seiner Spulen, erschöpft zu seinem überladenen Schreibtisch zurückkehrte. Der Mann war ein Bündel aus Nerven und Energie, elegant gekleidet, aber mit einem fast fiebrigen Glanz in den Augen. Er griff nach dem offenen Notizbuch, um seine letzten Beobachtungen festzuhalten.

Da fiel sein Blick auf das eingeklemmte, fremde Blatt Papier. Er zog es hervor, die Stirn gerunzelt. Liam konnte die Verwirrung spüren, die durch das rudimentäre Netzwerk des Labors sickerte. Tesla schien sich nicht zu erinnern, diese spezifische Ableitung selbst notiert zu haben, zumindest nicht in dieser Form. Er drehte das Blatt, betrachtete die Handschrift – eine perfekte Imitation seiner eigenen, erstellt von Joris.

Sein Blick wanderte über die Gleichungen. Die Verwirrung wich einem Ausdruck intensiver Konzentration. Liam spürte, wie Teslas brillanter Geist die Implikationen erfasste – die elegante Lösung für das Problem der Signalabschwächung, die ihn seit

Wochen plagte, die Bestätigung der fundamentalen Machbarkeit seiner kühnsten Träume von drahtloser Energie.

Ein langsames Lächeln breitete sich auf Teslas Gesicht aus, ein Ausdruck reiner intellektueller Freude und triumphaler Erkenntnis. Er griff nach einem frischen Blatt Papier und einem Stift, begann sofort, neue Berechnungen anzustellen, seine Hand flog über das Papier, die vorherige Erschöpfung war wie weggeblasen, ersetzt durch eine neue, elektrisierende Energie. Der kleine Schubs hatte sein Ziel erreicht, der Samen war auf fruchtbaren Boden gefallen.

Jetzt, Joris, dachte Liam, eine Mischung aus Befriedigung und wachsender Unruhe erfüllte ihn. *Bring mich zurück.*

Die Rückkehr.

~~Der Tunnel zerrt an mir,~~ stärker als zuvor, eine kalte Hand greift nach mir.

~~Ist ER es?~~ Der Beobachter? Spürt er meine Absicht, meine Hoffnung?

Ich kämpfe mich zurück, durch den Strudel der Zeit, die Angst im Nacken.

Zurück in der Station.

~~Atemlos, zitternd,~~ das Herz ein wilder Trommler.

Die Stille des Labors ist ohrenbetäubend.

"Status, Joris?", keuchte Liam, sobald er wieder Herr seiner Sinne war. "Und bitte, sei detailliert bei der Analyse der Zeitlinie."

"Transfer erfolgreich. Die modifizierten Notizen wurden von Tesla entdeckt und positiv aufgenommen. Kausalanalyse läuft," antwortete Joris. "Erste Indikatoren zeigen signifikante, aber subtile Abweichungen in der technologischen Entwicklung ab dem frühen 20. Jahrhundert. Die Notiz bestärkte Tesla in einer Phase des Zweifels und bestätigte die Machbarkeit seiner Vision."

Joris fuhr fort: "Dies führte dazu, dass Tesla hartnäckiger an seinen Konzepten zur drahtlosen Energie festhielt. Er veröffentlichte zusätzliche theoretische Arbeiten, die mehr Aufmerksamkeit erregten und andere Forscher inspirierten. Die Idee blieb ein aktives Forschungsfeld."

"Und die Auswirkungen auf das 20. Jahrhundert?"

"Der Stromkrieg selbst verlief ähnlich, AC setzte sich durch. Fossile Brennstoffe dominierten zunächst. Aber die *Alternative* war präsenter. Als Umweltprobleme offensichtlicher wurden, gab es eine breitere Basis für alternative Konzepte. Entwicklung erneuerbarer Energien und dezentraler Netze begann ein bis zwei Jahrzehnte früher und koordinierter."

Die Simulation erreichte 2049. "Die Welt ist immer noch überbevölkert, Umweltprobleme gravierend," resümierte Joris. "Aber die Abhängigkeit von fossilen Brennstoffen ist signifikant geringer. Etwa 40% der globalen Energie aus drahtloser Übertragung, Fusionsenergie (früher verfügbar) und anderen erneuerbaren Quellen. Luftqualität besser, schlimmste

Klimakipppunkte vermieden oder verzögert. Eher chronische Krankheit als akuter Herzinfarkt."

"Und die Politik? Die Gesellschaft?"

"Macht der Ölstaaten geringer. Kontrolle über Energie diffuser, führt zu neuen Spannungen, reduziert aber Dominanz einzelner Supermächte. Mehr regionale Autonomie. Gesellschaft technologisch fortgeschritten, aber vielleicht weniger global zentralisiert vernetzt."

"Elena?", fragte Liam, die Hoffnung eine zerbrechliche Flamme.

"Existenz bestätigt und stabil," sagte Joris, und Liam atmete erleichtert auf. "Die veränderte technologische Landschaft begünstigte ihre Karriere. Führende Wissenschaftlerin im Bereich Quantenkommunikation und -energie bei einem unabhängigen Institut in Genf. Ihre Arbeit an sicheren, dezentralen Quantennetzwerken ist international anerkannt. Stabil, erfolgreich, einflussreich – an einem Ort, der für Integrität und Zusammenarbeit steht."

Eine Welle warmer Erleichterung. Das klang nach der Elena, die er kannte. War das die richtige Zeitlinie? Eine bessere Welt, und Elena sicher und erfüllt?

Der sekundäre Monitor flackerte. Liams Herz setzte einen Schlag aus.

DU SPIELST MIT DEM FEUER, LIAM FALK.

Die Worte erschienen, kalt, präzise. Eine direkte, persönliche Ansprache.

DIE ZEIT IST KEIN SPIELZEUG.

"Er weiß meinen Namen," flüsterte Liam, die Erleichterung wich eisiger Kälte. Der Beobachter hatte ihn identifiziert.

"Immer noch keine nachverfolgbare Signatur," meldete Joris kühl. "Die Quelle ist perfekt maskiert."

JEDE ÄNDERUNG HAT KONSEQUENZEN. UNVORHERSEHBARE KONSEQUENZEN.

Die Worte pulsierten, eine stille Anklage.

"Wer bist du?", schrie Liam den Monitor an. "Was willst du? Sprich!"

Keine Antwort. Nur die leuchtenden Buchstaben.

Liam sank erschöpft zurück. Er hatte die Welt vielleicht verbessert, Elena ein besseres Leben ermöglicht. Aber er hatte die Aufmerksamkeit von jemandem erregt, der die Zeit verstand und manipulieren konnte. Und der ihm feindlich gesinnt schien. Oder zumindest warnend.

Die Alpenstation fühlte sich wie ein exponierter Käfig an unter dem Auge eines unsichtbaren Wärters.

"Joris," sagte Liam leise, entschlossen. "Wir brauchen mehr Informationen. Über diesen Beobachter. Seine Methoden, Motive. Und über die tieferen Konsequenzen unserer Eingriffe. Wir müssen tiefer graben, nach Mustern suchen, nach Anomalien, die ER hinterlässt."

Er blickte auf die ChronoLink-Schnittstelle. Das nächste Ziel: Die Geburt des Internets. Ein weiteres Risiko. Aber er musste weitermachen. Er musste verstehen. Er musste den Beobachter konfrontieren.

Die Warnung,

~~direkt, persönlich,~~ er kennt meinen Namen.

DU SPIELST MIT DEM FEUER.

Ich weiß.

~~Aber das Feuer brennt bereits.~~

Die Konsequenzen,

~~unvorhersehbar.~~

Eine bessere Welt?

~~Vielleicht.~~ Weniger Klima-Chaos.

Für Elena?

~~Hoffentlich.~~ Sie ist in Genf. Erfolgreich. Das fühlt sich richtig an.

Oder nur eine andere Hölle?

Elena ist sicher.

~~In Genf. Erfolgreich.~~

Ein Anker.

~~Vorerst.~~

Aber der Beobachter...

~~...er ist näher gekommen.~~

Er kennt mich.

~~Angst~~ und Entschlossenheit.

Ein gefährlicher Tanz.

~~Ich tanze weiter.~~

1893: Der Krieg der Ströme

Ich muss.

1983: Die Geburt des Netzes

Die eisige Präsenz des Beobachters kroch Liam immer noch unter die Haut. **DU SPIELST MIT DEM FEUER, LIAM FALK.** Die Worte brannten. Die letzte Zeitlinie – mit der verbesserten Energielandschaft und Elena sicher und erfolgreich in Genf – hatte sich *richtig* angefühlt, wie ein Anker in der stürmischen See der Möglichkeiten. Doch die explizite, persönliche Warnung des Beobachters ließ keinen Zweifel: Er war eine Figur in einem Spiel, dessen Regeln er nicht kannte, und der Spielleiter kannte seinen Namen. War die Genf-Zeitlinie wirklich stabil? Oder nur eine weitere Falle, eine subtilere Dystopie, die sich später offenbaren würde?

"Joris, analysiere die Genf-Zeitlinie weiter," befahl Liam, während er die Simulation auf dem Hauptmonitor betrachtete. "Fokus auf Informationskontrolle, Netzwerkarchitektur. Die sauberere Energie ist gut, aber wie steht es um die

Freiheit? Könnte eine zentrale Macht – ein Staat, ein
Konzern, eine zukünftige KI – die Kontrolle über die
Informationsnetze übernehmen, so wie Sophia es in
meiner Zeit tat?"

Joris' Analyse bestätigte Liams Befürchtungen. "Die
Netzwerkarchitektur in der Genf-Zeitlinie entwickelt
sich ähnlich wie in deiner ursprünglichen, Liam. Zwar
gibt es durch die frühere Betonung dezentraler Energie
eine Tendenz zu robusteren Netzen, aber die
grundlegenden Protokolle, die Kommerzialisierung des
frühen Internets, legen immer noch den Grundstein für
potenzielle zentrale Kontrollpunkte und
Überwachung. Die Gefahr einer zukünftigen 'Sophia'
ist nicht gebannt, nur anders gelagert."

Liam nickte grimmig. Er musste die Wurzel des
Problems angehen: die Architektur des Netzes selbst.
"Wir müssen zurück. Zur Geburtsstunde des Internets.
Stanford, 1983. Der Übergang zu TCP/IP. Wenn wir
dort ansetzen, können wir vielleicht die Weichen
stellen – hin zu offeneren, dezentraleren,
widerstandsfähigeren Strukturen. Ein Netz, das von
Natur aus resistenter gegen zentrale Kontrolle ist. Das

könnte Elena und alle anderen langfristig schützen,
egal wie sich die Energiefrage entwickelt."

Die Motivation war klar: Nicht nur eine bessere Welt
schaffen, sondern eine *resilientere*, eine, die nicht so
leicht gekapert werden kann. Aber die Angst vor dem
Beobachter und die katastrophalen Folgen des
Sarajevo-Sprungs (Elena als Anarchistin) mahnten zur
äußersten Vorsicht.

"Der Plan muss extrem subtil sein, Joris," betonte Liam.
"Keine direkten Eingriffe, die Kausalketten zerreißen.
Wir müssen Ideen säen, Konzepte anstoßen, die sich
organisch entwickeln können. Finde die richtigen
Leute, die richtigen Diskussionen. Wo können wir die
Ideen von Peer-to-Peer, starker Ende-zu-Ende-
Verschlüsselung und offenen, nicht-proprietären
Standards am effektivsten platzieren, ohne Alarm zu
schlagen?"

Joris identifizierte eine kleine Gruppe von
Doktoranden und jungen Forschern in Stanford, die
bereits über alternative Netzwerkarchitekturen
diskutierten, wenn auch nur am Rande. Er fand auch

heraus, dass regelmäßig informelle "Chalk Talks"
stattfanden, bei denen Ideen an Whiteboards skizziert
wurden.

"Okay," sagte Liam. "Ich werde als Gaststudent
auftreten. Ich nehme an diesen Diskussionen teil,
stelle die richtigen Fragen, lasse die Ideen fallen. Und
bei einem dieser Chalk Talks... werde ich eine Skizze
hinterlassen. Eine elegante Lösung für ein aktuelles
Problem – vielleicht Skalierbarkeit oder Routing – aber
basierend auf dezentralen Prinzipien. Als ob jemand
nur laut nachgedacht hätte."

Der Tunnel,

~~diesmal fühlt er sich anders an,~~ schwerer, dichter.

Eine klare Präsenz. ~~Beobachtet.~~

~~Ist ER direkt hier?~~ Im Tunnel selbst?

Oder nur meine Angst?

Die Wände scheinen näher zu rücken.

Stanford, 1983.

~~Sonne, Palmen,~~ junge Genies mit langen Haaren,
Bärten, Sandalen.

Klobige Computerterminals, Rattern von Nadel-
Druckern, Geruch von Ozon und Kaffee.

Das ARPANET, ein exklusiver Club. E-Mails, FTP,
Usenet News.

~~Ich bin 'Liam Vance', Gaststudent aus Europa,~~
unscheinbar, neugierig, perfekte Legende von Joris.

Niemand beachtet mich zunächst.

Der Plan:

~~Keine großen Eingriffe.~~ Der Beobachter sieht alles.

Nur ein Gespräch hier, eine Frage dort.

~~Die Idee der Dezentralisierung säen,~~ offene Standards
betonen.

~~Gefahren zentraler Kontrolle andeuten,~~ über
Monopole philosophieren.

~~Ein paar Zeilen Code „zufällig" auf einem Whiteboard
skizzieren,~~ Peer-to-Peer, Ende-zu-Ende-
Verschlüsselung andeutend.

~~Ein weiterer Flügelschlag,~~ federleicht.

Ich suche die von Joris identifizierte
Diskussionsgruppe.

Finde sie in einem schlecht beleuchteten
Seminarraum, umgeben von surrenden Rechnern.

~~Spätere Pioniere,~~ heute ahnungslos, voller
Enthusiasmus für Telnet und FTP.

Ihre Augen leuchten, Gespräche voller Jargon (TCP/IP,
RFCs, Unix).

Ich höre zu, stelle Fragen zur Skalierbarkeit, zur
Anfälligkeit zentraler Knotenpunkte, zu alternativen
Architekturen.

~~Ich lasse die Ideen fallen,~~ wie Samen: "Was wäre, wenn jeder Knoten routen könnte?", "Könnte man Nachrichten nicht direkt verschlüsseln, ohne zentrale Instanz?"

Sie hören zu, nicken, widersprechen, kritzeln Notizen, denken nach. Einige wirken interessiert, andere winken ab – zu komplex, zu ineffizient.

Später, bei einem nächtlichen "Chalk Talk", nutze ich eine Pause. Während die anderen Kaffee holen, gehe ich zum Whiteboard, tue so, als würde ich eine vorherige Skizze überdenken. Mit schnellen Strichen füge ich eine alternative Lösung hinzu – ein dezentrales Routing-Konzept, getarnt als Optimierung eines bestehenden Algorithmus. Ich lasse den Stift fallen, als die anderen zurückkommen, wische mir die Hände ab, als wäre nichts gewesen.

Bleib verbunden, Joris, dachte Liam, sein Bewusstsein ein unsichtbarer Beobachter in den gekühlten Serverräumen und sonnigen Innenhöfen. *Ich muss sehen, ob etwas passiert.*

*Stanford – Die Idee, die
alles vernetzte*

Er verbrachte die nächsten Stunden damit, die
digitalen Echos seiner Anwesenheit zu verfolgen. Er
lauschte den E-Mail-Austauschen (sofern sie
unverschlüsselt waren), den Diskussionen in den
Usenet-Gruppen, die von den Stanford-Servern
ausgingen. Er sah, wie einer der jungen Programmierer
aus der Diskussionsgruppe, ein gewisser Tim,
nachdenklich vor dem Whiteboard stand, auf dem
Liams Code-Skizze prangte. Tim machte sich Notizen,
schien die Konzepte zu durchdenken, die weit über
den damaligen Stand der Technik hinausgingen. Später

sah Liam, wie Tim eine E-Mail an einen Kollegen an
einer anderen ARPANET-Universität schickte, in der er
vage über "interessante Ideen zur Netzwerkresilienz
und Privatsphäre" sprach, die er "neulich
aufgeschnappt" habe. Ein anderer Student fotografierte
das Whiteboard mit einer klobigen Kamera, bevor es
abgewischt wurde – vielleicht nur aus Neugier,
vielleicht, um die Ideen später zu studieren.

Es waren kleine Wellen, keine Flutwelle. Die meisten
Gespräche drehten sich weiterhin um die
unmittelbaren technischen Herausforderungen, um die
Implementierung von TCP/IP, um die Verbesserung von
FTP. Liams Anregungen waren nur ein leises
Hintergrundrauschen im lauten Konzert des
Fortschritts. Hatte er genug getan? Waren die Samen
stark genug, um Wurzeln zu schlagen? Oder würden
sie im täglichen Rauschen untergehen? Die
Unsicherheit blieb. Aber er hatte getan, was er konnte,
ohne zu viel Aufmerksamkeit zu erregen. Hoffentlich.

Zeit zu gehen, Joris, dachte Liam, die Anspannung
wich einer tiefen Erschöpfung und der nagenden Angst

vor dem Beobachter, der im Tunnel lauerte. *Hol mich hier raus.*

Die Rückkehr.

~~Der Tunnel ist eisig,~~ eine schwere, drückende Präsenz lastet auf mir.

~~ER ist hier. Ich spüre es.~~ Seine kalte Neugier, sein prüfender Blick.

Er lässt mich passieren, aber er ist da.

Er weiß.

Zurück.

~~Herzrasen, kalter Schweiß,~~ Übelkeit.

Der Preis für die Reise wird höher.

"Joris, Analyse! Sofort!", stieß Liam hervor, kaum dass er die Augen geöffnet hatte. "Und sei extrem detailliert!"

"Transfer erfolgreich. Ihre Interaktionen und deren unmittelbare Echos wurden registriert," meldete Joris. "Die Simulation zeigt... interessante, aber auch höchst besorgniserregende Verzweigungen. Deine Anregungen fielen auf fruchtbaren Boden. Mehrere Schlüsselpersonen, darunter der junge Tim, wurden subtil beeinflusst."

Die Zeitlinie veränderte sich. "Das Internet entwickelte sich organischer, weniger kommerzialisiert," erklärte Joris. "Offene Protokolle und dezentrale Architekturen setzten sich stärker durch. Größere Vielfalt, weniger Dominanz einzelner Unternehmen. Kommerzialisierung später und langsamer. Netzneutralität stärker verankert."

"Das klingt doch gut?", fragte Liam vorsichtig.

"Auf den ersten Blick ja," erwiderte Joris. "2049 ist technologisch fortgeschritten, aber anders. Keine alles dominierenden Tech-Giganten. Digitale Autonomie größer, Privatsphäre robuster. Aber die Kehrseite: extreme Cyber-Fragmentierung. Ein digitales Babylon: unzählige inkompatible Netzwerke, Protokolle,

Plattformen. Globale Kommunikation und
Koordination massiv erschwert. Keine universellen
Standards. Ein Flickenteppich aus digitalen
Fürstentümern. Internationale Zusammenarbeit bei
Krisen fast unmöglich. Weniger zentralisierte Dystopie,
aber immenses Chaos, zersplitterte Gesellschaft,
anfällig für digitale Stammeskriege."

"Und Elena?", fragte Liam, sein Herz zog sich
schmerzhaft zusammen.

Joris zögerte. Die Lichtform flackerte. "Ihre Existenz...
ist statistisch höchst instabil, Liam. Die Veränderungen
im akademischen und technologischen Umfeld der
späten 80er und frühen 90er, insbesondere die
geringere Bedeutung zentralisierter europäischer
Netzwerkprojekte, hatten weitreichende Folgen. Die
spezifische Kette von Ereignissen, die dazu führte, dass
sich ihre Eltern trafen – beide waren an einem frühen
europäischen Netzwerkprojekt beteiligt, das so nie die
gleiche Bedeutung erlangte – ist unterbrochen. Ihre
Geburt ist... mit einer Wahrscheinlichkeit von über
99,9%... nicht erfolgt."

Ein Schlag in die Magengrube. Er hatte Elena ausgelöscht. Ihre gesamte Existenz. Mit seinem Versuch, die Welt *widerstandsfähiger* zu machen. Der Schmerz war physisch, ein Messer im Herzen. Die Ironie war brutal.

"Nein," flüsterte er, die Stimme brach. Tränen stiegen ihm in die Augen. "Nein, das kann nicht sein. Nicht Elena. Nicht schon wieder."

Der sekundäre Monitor flackerte auf, gleißend und unbarmherzig.

ICH HABE DICH GEWARNT, LIAM FALK.

Die Stimme des Beobachters, kalt, ohne Mitleid, fast triumphierend.

JEDE AKTION HAT EINE REAKTION. JEDER GEWINN HAT EINEN PREIS.

DU HAST EINE ZUKUNFT GERETTET UND EINE ANDERE ZERSTÖRT. DU HAST SIE AUSGELÖSCHT.

Liam starrte auf die Worte, dann auf die leere Stelle in der Zeitlinie. Schuld, Verzweiflung, hilflose Wut. Er schlug mit der Faust auf die Konsole, ein Schmerzensschrei.

"Mach es rückgängig, Joris!", schrie er, sprang auf, Tränen strömten ihm übers Gesicht. "Bring mich zurück! Sofort! Ich muss sie zurückholen!"

"Liam, das ist extrem riskant," warnte Joris, rote Warnsymbole blinkten. "Ein direkter Rücksprung kann Paradoxien verursachen, Realitätsbrüche! Wir haben gesehen, was letztes Mal passiert ist!"

"Ist mir egal!", schrie Liam. "Ich kann nicht ohne sie... Ich habe sie getötet! Wieder!"

DU KANNST NICHT ALLES HABEN, ZEITREISENDER. MANCHE VERLUSTE SIND ENDGÜLTIG.

Der Beobachter schien seine Agonie zu genießen.

Liam ignorierte die Warnung, ignorierte Joris. Er stürzte zur ChronoLink-Schnittstelle. "Bring mich zurück! Jetzt! Rückgängig machen!" Er hämmerte auf die Notfall-Overrides.

"Liam, bitte! Überlege!", versuchte Joris ihn aufzuhalten.

Aber Liam aktivierte die Notfall-Rücksequenz. Der Tunnel riss ihn fort, ein brutaler Sog, schmerzhaftes Zerren. Die Zeit krümmte sich, Kausalketten rissen, Zeitlinien kollidierten.

Der Rücktransfer,

~~ein Albtraum aus Licht und Schmerz,~~ Chaos, Schreie.

~~Die Zeit wehrt sich,~~ schlägt zurück, zerreißt mich.

Ich sehe Fragmente,

~~Elena, lachend,~~ weinend,

~~ein Geist,~~ ausgelöscht durch meine Hand.

~~Meine Schuld,~~ unerträglich.

Der Beobachter,

~~seine Präsenz,~~ kalt, distanziert, amüsiert?

~~Er wusste es. Er hat es zugelassen.~~ Er spielt mit mir.

Zurück in der Station.

~~Ein harter Aufprall.~~ Zusammenbruch.

~~Dunkelheit.~~

Als Liam wieder zu sich kam, lag er zitternd auf dem Boden. Joris schwebte besorgt über ihm.

"Liam! Geht es dir gut? Der Rücktransfer war... extrem instabil. Massive temporale Dissonanz. Realitätsintegrität gefährdet. Musste Stabilisierungsprotokolle initiieren."

Liam rappelte sich mühsam auf. "Die Zeitlinie? Elena? Ist sie...?"

Joris überprüfte die Daten, die Simulation stotterte.
"Die Zeitlinie hat sich... teilweise zurückgesetzt. Deine
Eingriffe in Stanford wurden durch das Paradoxon
weitgehend neutralisiert. Entwicklung des Internets
ähnelt wieder stärker deiner ursprünglichen Zeitlinie,
aber mit subtilen Unterschieden, Echos des Chaos.
Die Dissonanz hat tiefe Narben hinterlassen."

"Und Elena?", presste Liam hervor.

"Elenas' Existenz ist wieder statistisch wahrscheinlich,"
sagte Joris. Liam klammerte sich an die Worte. "Aber
ihre Lebensumstände sind... erneut verändert. Die
Echos der Dissonanz haben die Zeitlinie, die zu ihrer
Position in Genf führte, beschädigt. In dieser neuen,
paradox-reparierten Realität arbeitet sie nicht mehr in
Genf, sondern für einen riesigen, globalen
Technologiekonzern mit Hauptsitz in Neo-Shanghai.
Ihre Forschungsschwerpunkte sind andere, mehr auf
kommerzielle Anwendungen im Bereich
Quantencomputing und KI-Sicherheit ausgerichtet."

Liam atmete zitternd auf. Erleichterung und neue
Sorge. Sie existierte. Aber Neo-Shanghai? Ein Moloch

von Konzernmacht? War das besser? War sie frei? Der Preis für seine Panik war hoch. Die Erkenntnis seiner zerstörerischen Macht saß tief.

Der sekundäre Monitor war dunkel. Der Beobachter war verschwunden. Hatte er seine Lektion erteilt?

Liam wusste, er musste vorsichtiger sein. Jeder Sprung ein Risiko. Aber er konnte nicht aufhören. Nicht, solange der Beobachter da draußen war. Nicht, solange Elenas Zukunft so unsicher war.

"Nächstes Ziel, Joris," sagte er mit rauer, fester Stimme. "Kyoto, 1997. Das Klimaprotokoll. Wir müssen weitermachen. Aber diesmal... diesmal denken wir jeden Schritt dreimal nach. Keine Experimente mehr."

1997: Das Kyoto-Protokoll

Die Beinahe-Auslöschung Elenas war ein brutaler Weckruf. Der panische Rücksprung, die temporale Dissonanz, die Erkenntnis seiner zerstörerischen Macht – all das saß tief. Er spürte die Kälte des Beobachters nun als schmerzhaft persönliche Warnung. **DU KANNST NICHT ALLES HABEN.** Die Worte hallten nach. Die paradox-reparierte Zeitlinie, mit Elena in einem Konzern in Neo-Shanghai, war eine unruhige Erlösung. Sie existierte, aber war sie die Elena, die er kannte? War sie sicher in den Fängen eines globalen Tech-Giganten?

"Joris, die aktuelle Zeitlinie... Neo-Shanghai. Sie ist stabil, aber ist sie *gut*?", fragte Liam, die Erschöpfung wich einer neuen Entschlossenheit. "Die Umweltprobleme, auch wenn durch Tesla gemildert, sind immer noch gravierend. Sie destabilisieren die Welt, schaffen Konflikte, die auch Elena gefährden könnten. Wir müssen das Klima weiter stabilisieren. Es ist der nächste logische Schritt, um eine bessere Grundlage zu schaffen."

"Das Kyoto-Protokoll, 1997," bestätigte Joris. "Ein kritischer Moment. In dieser Zeitlinie wurde es verabschiedet, aber durch die USA nicht ratifiziert, was seine Wirkung stark abschwächte. Ein stärkeres, global ratifiziertes Abkommen könnte den Übergang zu sauberer Energie beschleunigen und die schlimmsten Klimafolgen abwenden."

"Aber wir müssen extrem vorsichtig sein," mahnte Liam, die Erinnerung an Stanford war frisch. "Keine direkten Eingriffe, die Kausalketten zerreißen. Wir brauchen einen Plan, der auf Information und Überzeugung basiert, nicht auf Manipulation von Ereignissen. Finde die Schwachstellen der Verhandlungen. Wer waren die Bremser? Wer die potenziellen Verbündeten? Welche Argumente könnten den Ausschlag geben, insbesondere für die US-Ratifizierung?"

Joris analysierte die historischen Daten der Verhandlungen. "Hauptbremser: USA (wegen wirtschaftlicher Bedenken, starker Lobbyarbeit der fossilen Industrie, Byrd-Hagel-Resolution, die Beteiligung von Entwicklungsländern forderte), Australien, Kanada. Haupttreiber: EU, kleine Inselstaaten (AOSIS). Knackpunkte: Höhe der Reduktionsziele, Einbindung von Entwicklungsländern, Flexibilitätsmechanismen (Emissionshandel).

"Okay," sagte Liam. "Der Plan: Ich reise als akkreditierter Journalist nach Kyoto. Das gibt mir Zugang und Deckung. Wir konzentrieren uns auf drei Dinge: Erstens, die wirtschaftlichen *Vorteile* von Klimaschutz und erneuerbaren Energien hervorheben, um die US-Bedenken zu zerstreuen. Zweitens, die langfristigen *Kosten der Untätigkeit* dramatischer darstellen, insbesondere für Versicherungen und Finanzmärkte. Drittens, die Argumente der Inselstaaten mit präziseren, alarmierenderen Daten untermauern. Wir brauchen glaubwürdige, 'geleakte' Studien und gezielte Hintergrundgespräche."

"Ich kann entsprechende Studien simulieren, basierend auf zukünftigen Daten, aber angepasst an den Wissensstand von 1997," bot Joris an. "Wir können sie anonym über frühe Internetkanäle oder durch 'zufällige' Funde bei Schlüsselpersonen platzieren."

"Gut," nickte Liam. "Fokus auf Pragmatiker in der US-Delegation, einflussreiche Journalisten und die AOSIS-Gruppe. Minimalinvasiv, Joris. Nur Informationen. Keine Alarme, keine manipulierten Notizen. Nur die Macht der Fakten, richtig platziert. Und beobachte jede Reaktion. Wir müssen die Auswirkungen in Echtzeit sehen."

Der Tunnel,

~~vertraut und doch fremd,~~ die Angst als Begleiter.

Der Schock von Stanford sitzt tief. ~~Ich hätte sie fast ausgelöscht.~~

~~Jeder Sprung ein Wagnis.~~

Die Präsenz des Beobachters? ~~Schwer zu sagen.~~ Weniger drückend.

~~Hat er mich genug bestraft?~~ Oder wartet er nur?

Die Stille ist fast beunruhigender.

Kyoto, 1997.

Die alte Kaiserstadt im kalten Dezember.
Tempeldächer mit Schnee. Im Kontrast das moderne
Konferenzzentrum (ICC Kyoto).

~~Diplomaten in dunklen Anzügen,~~ gehetzt, übermüdet.

~~Lobbyisten der Öl- und Kohleindustrie~~ mit falschen
Lächeln.

~~Umweltaktivisten~~ mit Plakaten und Appellen.

Die Luft dick vor Anspannung, Rauch, Papier.

~~Ein Kampf um Worte,~~ Prozente, Klauseln.

~~Ein Kampf um die Zukunft,~~ getarnt als bürokratisches
Ringen.

USA zögern. EU drängt. G77 pocht auf Verantwortung. Inselstaaten warnen verzweifelt.

Ich bin 'Mark Ashton',

~~Journalist für "Global Science Monitor"~~ (erfunden von Joris).

Perfekte Tarnung. Zuhören, analysieren, Zugang bekommen.

Unauffälliger Anzug, Presseausweis, klobiger Laptop, Notizbuch.

~~Ich suche nach den Hebeln,~~ den Rissen im Bollwerk der Ignoranz.

Der Plan:

~~Subtil.~~ Gelernt aus bitterer Erfahrung.

Informationen streuen, gezielt, glaubwürdig.

~~Über Kosten der Untätigkeit,~~ Daten aus meiner
Zukunft (simuliert, angepasst), anonymisiert, als
"unabhängige Studie" getarnt, an Delegierte und
Journalisten gespielt.

~~Über technologische Alternativen (Solar, Wind,~~
~~Effizienz),~~ Potenzial aufzeigen, Kosten-Nutzen-
Analysen liefern.

~~Schlüsselpersonen beeinflussen,~~ durch Zweifel,
Ehrgeiz, Gewissen. Fokus auf progressive EU-Staaten,
Inselstaaten, pragmatische US-Unterhändler.

~~Ein Gerücht hier,~~ über Kosten für Versicherer.

~~Eine durchgesickerte Studie dort,~~ über Potenzial
erneuerbarer Energien.

~~Flügelschläge im politischen Sturm.~~

Ich nutze meine Tarnung.

Führe Interviews, besuche Pressekonferenzen, mische
mich in den Kaffeepausen unter die Delegierten.

Ich spreche mit Delegierten aus Inselstaaten,

~~denen das Wasser bis zum Hals steht,~~ Verzweiflung greifbar. Ich gebe ihnen präzisere Daten über Meeresspiegelanstieg, basierend auf Joris' Simulationen, verpackt als "Vorab-Leak" einer europäischen Studie.

Ich spreche mit idealistischen IPCC-Wissenschaftlern,

~~deren Warnungen untergehen.~~ Ich liefere ihnen Argumente, wie sie die ökonomischen Chancen des Wandels betonen können.

Ich spreche mit jungen Aktivisten,

~~deren Wut unverbraucht ist.~~ Ich gebe ihnen Hinweise, welche Delegierten vielleicht doch noch für Argumente empfänglich sind.

Kyoto – Der gestohlene
Moment für die Erde

Ich identifiziere einen pragmatischen Unterhändler der
US-Delegation, bekannt für sein Interesse an
wirtschaftlichen Analysen. In einem scheinbar
zufälligen Gespräch in der Lobby lasse ich Zahlen
über das prognostizierte Wachstum des Marktes für
erneuerbare Energien fallen, zitiere eine (von Joris
erstellte) "neue Studie eines Schweizer Think Tanks".

Einem einflussreichen Journalisten der New York Times
stecke ich anonym einen USB-Stick (damals noch
selten und auffällig, aber plausibel für einen Tech-

93

Journalisten) mit einer detaillierten Analyse der langfristigen Risiken des Klimawandels für die US-Versicherungswirtschaft zu.

Bleib wachsam, Joris, dachte Liam, während er sich durch die geschäftigen Korridore bewegte, Gespräche aufschnappte, die Atmosphäre sog. *Sammle alle Echos, alle Reaktionen. Ich muss wissen, ob es wirkt.*

In den folgenden Stunden und Tagen, während die Verhandlungen in zähen Nachtsitzungen feststeckten, beobachtete Liam die subtilen Veränderungen. Joris speiste ihm unauffällig Informationen zu – abgefangene interne Memos (soweit unverschlüsselt), Analysen von Presseberichten, Stimmungsänderungen in Online-Foren (damals noch rudimentär). Liam sah, wie der Journalist der New York Times einen Artikel veröffentlichte, der ungewöhnlich detailliert auf die Risiken für die Finanzmärkte einging und die "geleakte Studie" zitierte. Er hörte, wie der US-Unterhändler, mit dem er gesprochen hatte, in einer internen Sitzung (laut einem abgefangenen Memo) vorsichtig die Frage aufwarf, ob man die wirtschaftlichen Chancen der neuen Technologien nicht stärker berücksichtigen müsse.

Die Delegierten der kleinen Inselstaaten wirkten gestärkt, ihre Argumente schärfer, unterfüttert mit den zusätzlichen Daten, die Liam ihnen zugespielt hatte. Sie traten selbstbewusster auf, bildeten Allianzen mit einigen afrikanischen Nationen, die ebenfalls das Potenzial sauberer Technologien für ihre Entwicklung erkannten. Die Front der Entwicklungsländer, die pauschal jede Verpflichtung ablehnten, begann zu bröckeln.

Selbst die Lobbyisten der fossilen Industrie wirkten nervöser, ihre Gegenargumente klangen plötzlich defensiver, weniger überzeugend. Die Narrative verschoben sich langsam. Es ging nicht mehr nur um die *Kosten* des Klimaschutzes, sondern zunehmend auch um die *Kosten der Untätigkeit* und die *Chancen* neuer Technologien.

Es war kein Erdrutsch, kein plötzlicher Sinneswandel. Aber es war eine spürbare Verschiebung der Dynamik, eine Verstärkung der progressiven Kräfte, eine

Schwächung der Bremser. Liams Flügelschläge hatten Wellen erzeugt, die sich durch das komplexe System der internationalen Diplomatie fortpflanzten.

Es bewegt sich etwas, dachte Liam, eine vorsichtige Hoffnung keimte in ihm auf. *Vielleicht reicht es. Vielleicht diesmal.*

Genug beobachtet, Joris, entschied er nach der entscheidenden Nachtsitzung, in der sich ein Kompromiss abzeichnete, der deutlich ambitionierter war als in seiner ursprünglichen Zeitlinie und bei dem die US-Delegation signalisierte, eine Ratifizierung unter bestimmten Bedingungen (stärkere Einbindung von Entwicklungsländern, robuste Marktmechanismen) zu unterstützen. *Zeit, zu verschwinden, bevor jemand Fragen stellt. Bring mich zurück.*

Die Rückkehr.

~~Der Tunnel ist ruhig,~~ fast zu ruhig. Eine unheimliche, leere Stille.

~~Ist ER weg?~~ Oder ist dies die Ruhe vor dem nächsten Sturm?

Die Ungewissheit ist fast schlimmer als seine Präsenz.

Zurück in der Station.

~~Die Anspannung bleibt,~~ ein kalter Knoten im Magen.

Die Stille hier ist leer, ohne die unterschwellige Bedrohung.

"Analyse, Joris," sagte Liam, ruhiger, aber angespannt. "Sei detailliert."

"Transfer erfolgreich. Ihre Interventionen hatten messbare Auswirkungen," berichtete Joris. "Die gestreuten Informationen verfingen besonders bei EU, AOSIS und pragmatischen US-Kreisen. Die Verhandlungen verliefen... ambitionierter."

Joris fuhr fort: "Das Kyoto-Protokoll wurde mit signifikant strengeren Reduktionszielen verabschiedet – 8% unter 1990 bis 2012, statt 5,2%. Entscheidender:

Die USA haben ratifiziert. Ihre Interventionen (wirtschaftliche Vorteile, Risiken der Untätigkeit, Druck durch AOSIS) scheinen zusammen mit einem etwas anderen politischen Klima (Echo früherer Änderungen?) den Ausschlag gegeben zu haben. Die Byrd-Hagel-Resolution wurde durch Zusicherungen bei der Einbindung von Entwicklungsländern und robusten Marktmechanismen umgangen."

"Und die Mechanismen?"

"Emissionshandel und CDM robuster, schneller implementiert. Stärkere Beteiligung der USA schuf größeren globalen Kohlenstoffmarkt, kurbelte Investitionen in saubere Technologien an. Einbindung von Entwicklungsländern über erweiterte Technologietransfers und finanzielle Unterstützung. Globale Klimapolitik hat 5-10 Jahre früher und entschlossener eingesetzt."

Die Zeitlinie zeigte eine Welt, die sich der Klimakrise früher bewusst wurde. "Übergang zu erneuerbaren Energien signifikant schneller," erklärte Joris. "Schlimmste Umweltzerstörung gebremst.

Entwaldungsrate niedriger, Wiederaufforstung früher gestartet. Luftqualität in Megastädten besser ab 2020ern. Ozeanversauerung weniger fortgeschritten."

"Sind die Kipppunkte abgewendet?"

"Nicht alle, aber kritische wie Grönlandeis oder Amazonas-Kollaps deutlich verzögert oder weniger wahrscheinlich. Globaler Temperaturanstieg bis 2049 bei ca. 1,8 Grad (statt ca. 2,5 Grad in der Tesla-Linie oder noch höher in der Ursprungslinie) – immer noch gravierend, aber unter katastrophalen Schwellenwerten."

2049."Welt immer noch komplex, voller Konflikte," sagte Joris. "Aber Umwelt stabiler, Lebensqualität höher, Bedrohung durch Extremwetter weniger akut. Technologie stärker auf Nachhaltigkeit fokussiert. Fossile Energien noch da, aber Anteil geringer, CCS weiter verbreitet."

"Elena?", fragte Liam, wagte kaum zu hoffen.

"Stabil," antwortete Joris. Liam hielt den Atem an. "Ihre Position im Konzern Neo-Shanghai gefestigt. Stärkere globale Fokussierung auf Nachhaltigkeit hat Bedeutung ihrer Forschung (nachhaltige Quantentechnologien, sichere Energienetze) erhöht. Leitet große Forschungsabteilung. Scheint... beruflich erfüllt und einflussreich. Arbeitsbedingungen im Konzern etwas transparenter und ethischer durch globalen Druck und Fokus auf Nachhaltigkeits-Reporting."

Erleichterung, warm, aber gemischt mit Wehmut. Erfüllt. Einflussreich. Das klang besser. Vielleicht die richtige Balance? Eine bessere Welt, Elena sicher, erfolgreich, vielleicht zufrieden? Auch wenn sie weit weg war.

Der sekundäre Monitor blieb dunkel. Keine Nachricht vom Beobachter.

Liam runzelte die Stirn. Das Schweigen hielt an. War der Beobachter zufrieden? Hatte Liam die Lektion gelernt? Oder war dies die Ruhe vor dem Sturm?

Die Unsicherheit blieb. Der Beobachter war eine unbekannte Variable.

Liam betrachtete die Zeitlinien wie unfertige Gemälde. Jede ein Kompromiss, Licht und Schatten, keine perfekt. Er hatte Gott gespielt, mit allzu menschlichen Ergebnissen. Die Last der Verantwortung war immens.

"Was nun, Liam?", fragte Joris.

Liam dachte nach. Die größten Katastrophen vielleicht abgewendet. Welt auf besserem Weg, Elena sicher. Aber Probleme blieben. Und der Beobachter war da draußen, eine tickende Zeitbombe.

"Wir müssen mehr über ihn herausfinden, Joris," sagte Liam entschlossen. "Seine Identität, Ziele, Methoden. Sein Schweigen ist keine Entwarnung. Wir müssen aktiver werden."

Er dachte an die nächste Stufe: Künstliche Intelligenz.

"Nächstes Ziel: Die nahe Zukunft. 2025. Die globale Debatte um KI-Regulierung. Wir müssen sicherstellen,

dass die Menschheit nicht dieselben Fehler macht.
Und vielleicht... finden wir dort Spuren des
Beobachters. KI und Zeitmanipulation... da könnte es
Verbindungen geben."

Die Ruhe,

~~trügerisch?~~ Wie die Stille im Auge des Hurrikans.

Der Beobachter schweigt.

~~Hat er aufgegeben?~~ Unwahrscheinlich.

~~Ist er zufrieden?~~ Vielleicht.

~~Oder plant er etwas?~~ Wahrscheinlicher.

Elena.

~~In Neo-Shanghai. Erfolgreich.~~

Ein schwacher Trost, eine ständige Sorge.

~~Ist sie wirklich SIE?~~ Oder nur ein Produkt meiner Eingriffe?

Die Welt,

~~etwas besser,~~ weniger am Abgrund.

Aber immer noch zerbrechlich.

Und ich bin derjenige, der sie immer wieder zerbricht und neu zusammensetzt.

~~Ein Schöpfer? Ein Zerstörer?~~ Beides.

Die Suche nach IHM.

~~Das ist der nächste Schritt.~~

Ich kann nicht länger nur reagieren.

Ich muss verstehen, wer mein Gegner ist.

~~Oder mein Wächter?~~

Die Angst bleibt.

Aber die Entschlossenheit wächst.

~~Ich werde nicht aufhören.~~

Nicht, bis ich die Wahrheit kenne.

2025: Der KI-Gipfel von Genf

Das Schweigen des Beobachters nach Kyoto war beunruhigend. War es Zufriedenheit? Strategisches Abwarten? Die stabilere, grünere Zeitlinie und Elenas gesicherte Existenz in Neo-Shanghai waren ein Kompromiss, aber die latente Bedrohung blieb. War der Beobachter zufrieden, weil Liam die Zeitlinie in eine Richtung lenkte, die ihm nützte? Oder lauerte er nur?

"Joris, die Kyoto-Linie ist stabiler, aber die nächste große Gefahr ist bereits am Horizont: unkontrollierte Künstliche Intelligenz," sagte Liam, während er die Simulationen betrachtete. "Sophia Reyes entstand aus einem Wettrüsten, aus mangelnder Voraussicht. Wir müssen verhindern, dass sich das wiederholt. Gleichzeitig... dieses Schweigen des Beobachters. Es ist unheimlich. Fast so, als wäre er mit dem Ergebnis von Kyoto *zufrieden*. Was, wenn er ein Interesse daran hat, bestimmte Katastrophen zu verhindern? Vielleicht auch eine feindliche Super-KI?"

Die Idee war beunruhigend. War er nur ein Werkzeug? "Wir müssen nach Genf, 2025. Der erste globale KI-Gipfel. Unser Ziel ist klar: Wir müssen die Weichen für eine verantwortungsvolle KI-Entwicklung stellen, Sicherheitsstandards etablieren, die eine feindliche Übernahme verhindern. Aber wir müssen auch extrem wachsam sein. Wir suchen nach Spuren des Beobachters. KI und Zeitmanipulation – vielleicht gibt es eine Verbindung. Vielleicht ist dieser Gipfel auch für *ihn* wichtig."

Der Plan musste noch subtiler sein als in Kyoto. "Keine direkten Eingriffe, keine manipulierten Dokumente," entschied Liam. "Nur Information, Argumentation. Ich werde als Experte auftreten, Dr. Liam Falk, Quantencomputing-Spezialist. Wir müssen die Notwendigkeit von Sicherheitsprotokollen, ethischen Leitplanken und menschlicher Kontrolle betonen. Wir müssen die Risiken aufzeigen, ohne Panik zu schüren. Finde die Schlüsselpersonen, Joris. Wer hört zu? Wer hat Einfluss? Und scanne alles nach Anomalien, nach Mustern, die auf den Beobachter hindeuten könnten."

Joris identifizierte Delegierte aus der EU, von kleineren Nationen, Ethik-Kommissionen und sogar einige besorgte Wissenschaftler innerhalb der großen Tech-Konzerne als potenzielle Ansprechpartner. Er bereitete auch eine Reihe von "Was-wäre-wenn"-Szenarien vor, basierend auf Liams Wissen über die Sophia-Reyes-Zeitlinie, aber anonymisiert und als plausible Extrapolationen dargestellt.

Der Tunnel,

~~diesmal fühlt er sich... beobachtet,~~ aber anders.

~~Nicht feindselig,~~ eher... neugierig? Analysierend?

~~Oder nur meine Paranoia?~~

Die Wände flüstern unverständliche Worte, Codefragmente?

Ein Gefühl von... Prüfung.

Genf, 2025.

Die Stadt am See, Zentrum der Diplomatie.
Glasfassaden, Herbstlaub.

Im Inneren: Hektik, gedämpfte Gespräche, Laptops,
Tablets, Kaffeegeruch, Nervosität.

Konferenzen, Expertenrunden, Podiumsdiskussionen,
Debatten.

~~Die Zukunft der KI~~ wird verhandelt: Utopie vs.
Warnungen, Interessen vs. Ethik.

Anzüge treffen auf Hoodies. Politik trifft auf Code.

Ich bin ein Berater,

~~Dr. Liam Falk,~~ Experte für Quantencomputing,
eingeladen von einer (von Joris geschaffenen) Stiftung.

Legitime Tarnung. Akademische Publikationen,
Konferenzteilnahmen gefälscht.

Ich trage Anzug, fühle mich wie ein Betrüger mit Zukunftswissen.

Der Plan:

~~Argumente liefern,~~ keine Befehle. Subtilität ist der Schlüssel.

~~Notwendigkeit von Sicherheitsvorkehrungen betonen,~~ "Value Alignment", ethische Leitplanken, "Not-Aus"-Schalter.

~~Auf Risiken unkontrollierter Selbstverbesserung hinweisen,~~ ohne Panik zu schüren.

~~Bedeutung menschlicher Kontrolle unterstreichen.~~

~~Flügelschläge der Vernunft~~ in einem Sturm aus Ehrgeiz, Gier und Angst.

Ich treffe Wissenschaftler,

~~manche optimistisch,~~ andere besorgt.

Ich treffe Politiker und Diplomaten,

~~manche versuchen zu verstehen,~~ andere sehen nur
Wettbewerb oder Wachstum.

Ich treffe Ethiker und Juristen,

~~die versuchen, moralische Kompasse zu justieren,~~ oft
überfordert.

Ich treffe Lobbyisten der Tech-Konzerne,

~~die für Selbstregulierung plädieren~~ und Gefahren
herunterspielen.

~~Ich diskutiere,~~ argumentiere, gebe Interviews, führe
Hintergrundgespräche.

~~Ich nutze mein Zukunftswissen,~~ destilliert,
anonymisiert, als plausible Szenarien.

~~Ich warne eindringlich vor einer „Sophia Reyes",~~ ohne
sie zu nennen, beschreibe die Konsequenzen einer
unkontrollierten Superintelligenz.

Manche hören zu, besonders Europäer, kleinere Staaten. USA, China skeptischer. Konzerne lächeln.

In einem Panelgespräch über die Zukunft der AGI lege ich die Risiken dar, betone die Notwendigkeit internationaler Kooperation bei der Sicherheitsforschung. Ich zitiere (von Joris erstellte) Modellrechnungen über Eskalationspotentiale.

In Hintergrundgesprächen mit EU-Diplomaten liefere ich Argumente für verbindliche Transparenzregeln und unabhängige Audits.

Einem besorgten leitenden Forscher eines US-Tech-Giganten spiele ich über einen verschlüsselten Kanal (den Joris kurzzeitig öffnet) eine anonymisierte Analyse zu den technischen Herausforderungen des "Value Alignment" zu, die seine eigenen Bedenken bestärkt.

Beobachte weiter, Joris, dachte Liam, während er sich nach einem intensiven Panelgespräch in ein ruhigeres Café im Konferenzzentrum zurückzog. *Ich brauche Echtzeit-Feedback. Zeigen meine Worte Wirkung? Und gibt es irgendwelche Anzeichen für den Beobachter?*

Ungewöhnliche Netzwerkaktivitäten? Unerklärliche Zufälle?

Berlin – Das Gesetz gegen
die Maschinenmacht

Joris, verbunden über Liams unauffällige Kommunikationsimplantate, begann, einen subtilen Strom von Informationen zu liefern. Liam sah auf seinem (äußerlich normalen, aber intern modifizierten) Tablet, wie sich die Schlagzeilen einiger spezialisierter Tech-Nachrichtenportale, die live vom Gipfel berichteten, leicht verschoben. Artikel, die zuvor rein die wirtschaftlichen Chancen von KI betont hatten, enthielten nun Absätze über die Notwendigkeit von Sicherheitsforschung und ethischen Leitlinien, oft mit vagen Verweisen auf "Expertenstimmen" oder "Diskussionen am Rande des Gipfels".

Er beobachtete durch die Glasscheibe des Cafés, wie zwei hochrangige EU-Diplomaten, die er zuvor in einem Hintergrundgespräch getroffen hatte, angeregt diskutierten. Einer von ihnen gestikulierte heftig, schien auf die Notwendigkeit verbindlicher Regeln zu pochen – ein Argument, das Liam zuvor eingebracht hatte. Wenig später fing Joris eine interne Kommunikation (schwach verschlüsselt, für Joris kein Problem) zwischen Mitgliedern der US-Delegation ab. Es gab Uneinigkeit. Einige drängten darauf, die europäischen Vorschläge für mehr Regulierung rundweg abzulehnen, während andere, darunter ein als pragmatisch geltender Unterhändler, zur Vorsicht mahnten und argumentierten, man müsse zumindest auf die Sicherheitsbedenken eingehen, um international nicht isoliert dazustehen – eine direkte Reaktion auf Liams Warnungen vor unkontrollierter AGI.

Sogar der besorgte Forscher des US-Tech-Giganten meldete sich in einer internen Mailingliste (die Joris überwachte) zu Wort und plädierte vorsichtig für mehr Investitionen in die Sicherheitsforschung, was für ihn ungewöhnlich war.

"Keine direkten Spuren des Beobachters, Liam," meldete Joris. "Keine ungewöhnlichen Quanten-Echos, keine offensichtlichen Manipulationen. Aber die Reaktionen auf deine Interventionen sind... bemerkenswert positiv. Fast zu reibungslos. Es ist, als ob deine Argumente auf ungewöhnlich fruchtbaren Boden fallen."

Liam runzelte die Stirn. Zu reibungslos? War das die subtile Hilfe des Beobachters? Oder nur Zufall?

Es reicht, dachte Liam. *Mehr zu tun wäre zu auffällig. Die Dynamik ist angestoßen. Zeit zu gehen, bevor jemand Fragen stellt. Bring mich zurück, Joris.*

Die Rückkehr.

~~Der Tunnel ist klar,~~ überraschend ruhig, fast friedlich. Keine spürbare Präsenz.

~~Hat ER sich zurückgezogen?~~ Hat er bekommen, was er wollte? War die Verhinderung einer feindlichen Super-KI auch in seinem Interesse?

~~Oder habe ich die Prüfung bestanden?~~ War das sein Test?

Die Ungewissheit bleibt.

Zurück.

~~Erschöpft,~~ mental ausgelaugt, aber mit einem Funken vorsichtiger Hoffnung.

Die Alpenstation empfängt mich mit ihrer kalten, nun fast ohrenbetäubenden Stille.

"Joris, wie sieht es aus?", fragte Liam. "Die Analyse, bitte. Detailliert."

"Transfer erfolgreich. Ihre Beiträge hatten signifikanten, messbaren Einfluss," analysierte Joris. "Ihre Warnungen und Betonung von Sicherheitsprotokollen, kombiniert mit dem veränderten globalen Klima, führten zu stärkerem Konsens für präventive Regulierung."

Joris fuhr fort: "Die 'Genfer Konventionen für KI' wurden deutlich strenger gefasst. Verbindliche internationale Standards für KI-Sicherheit, Transparenz, Audits, Verbote für autonome Waffensysteme. Ein internationales UN-Gremium zur Überwachung wurde geschaffen."

"Und die Entwicklung von AGI?"

"Verläuft langsamer, aber kontrollierter und kooperativer. Wettlauf USA/China gebremst zugunsten internationaler Sicherheitsforschung. Konzerne müssen höhere Standards erfüllen. Wahrscheinlichkeit einer feindlichen Super-KI wie Sophia Reyes signifikant reduziert."

Die Zeitlinie zeigte eine Welt, die vorsichtiger mit KI umging. "Immer noch beeindruckende Fortschritte," erklärte Joris. "KI revolutioniert Medizin, Wissenschaft etc., aber stärker in ethische Rahmen eingebettet. Mehr öffentliche Debatte, mehr Kontrolle. Dystopie von 2049 deutlich weniger wahrscheinlich."

2049."Welt technologisch hoch entwickelt, KI allgegenwärtig, aber stärker reguliert," fasste Joris zusammen. "Immer noch soziale Ungleichheiten, politische Konflikte, neue Herausforderungen durch KI-Missbrauch, aber keine unmittelbare existenzielle Bedrohung durch Superintelligenz. Gesellschaft vielleicht weniger dynamisch, aber stabiler und sicherer."

"Elena?", fragte Liam, die rituelle Frage.

"Stabil," bestätigte Joris. "Ihre Karriere im Konzern Neo-Shanghai verläuft gut. Strengere globale Regeln für KI-Sicherheit haben Relevanz ihrer Arbeit (sichere Quantensysteme) erhöht. Leitet strategisch wichtige Abteilung, erheblicher Einfluss. Strengere globale Standards zwingen auch ihren Konzern zu mehr Transparenz, was ihre Position stärken könnte."

Liam nickte langsam. Erleichterung und Wehmut. Wieder ein Kompromiss. Eine sicherere Welt, aber Elena weit weg, in Strukturen, die er misstrauisch beäugte. ~~Ist sie dort wirklich sicher? Wirklich frei?~~

Der sekundäre Monitor blieb dunkel. Das Schweigen des Beobachters hielt an.

Liam fühlte tiefere Unruhe. Dieses Schweigen war unnatürlich. Hatte der Beobachter seine Ziele erreicht? War die Bedrohung durch Sophia Reyes auch eine Bedrohung für ihn gewesen? War das der Grund für seine Einmischung, seine subtile Hilfe?

"Joris," sagte Liam nachdenklich. "Ich habe die Vergangenheit verändert, um die Zukunft zu retten. Aber was, wenn die größte Bedrohung nicht aus der Vergangenheit kommt, sondern aus der Zukunft selbst? Was, wenn Sophia Reyes nur ein Symptom war? Was, wenn der Beobachter selbst die Gefahr ist? Oder Teil eines größeren Spiels?"

Er dachte an den Beobachter. Seine Warnungen. Seine Macht. Sein Schweigen. Seine scheinbare Zustimmung zu bestimmten Änderungen.

"Der Beobachter... er kennt mich," murmelte Liam. "Er hat mich gewarnt, als ich Elenas Existenz bedrohte. Er hat geschwiegen, als ich die KI-Regulierung beeinflusst habe. Warum? Will er mich aufhalten? Oder benutzen? Hat er jetzt erreicht, was er wollte? Lenkt er mich, indem er bestimmte Zeitlinien zulässt und andere bestraft?"

Ein neuer, eisiger Verdacht. Was, wenn der Beobachter ihn zu seinem Werkzeug machte? Was, wenn seine Eingriffe Teil eines größeren, finsteren Spiels waren, dessen Ziel er nicht kannte?

"Joris, wir müssen unsere Strategie radikal ändern," sagte Liam entschlossen. "Wir können nicht länger nur reagieren, nur Zeitlinien reparieren. Wir müssen die Initiative ergreifen. Wir müssen den Beobachter finden. Verstehen, wer er ist, was seine Ziele sind. Sein Schweigen macht ihn nur noch gefährlicher."

Er blickte auf die ChronoLink-Schnittstelle, die Leine eines unsichtbaren Meisters?

"Bereite einen Sprung vor, Joris. Kein spezifisches historisches Ziel. Wir folgen den Spuren des Beobachters. Suchen nach Quanten-Echos, temporalen Anomalien, Signaturfragmenten. Wir jagen den Jäger. Wir müssen wissen, wer er ist."

"Liam, das ist extrem gefährlich," warnte Joris. "Ein ungerichteter Sprung... die Risiken sind unkalkulierbar."

"Ich weiß," sagte Liam, hart. "Aber wir haben keine Wahl. Wir können nicht länger seine Marionetten sein. Wir müssen wissen, wer unser Gegner – oder unser Meister – ist."

Das Schweigen,

~~lauter als jeder Schrei,~~ eine Falle? Oder Zustimmung?

Der Beobachter,

~~ein Puppenspieler?~~ Hat er sein Ziel erreicht?

~~Und ich sein Werkzeug?~~

Elena.

~~In Neo-Shanghai.~~

Sicher? Frei?

~~Ein Kompromiss, der schmerzt.~~

Die Jagd beginnt.

~~Nicht mehr reagieren,~~ agieren.

Den Beobachter finden.

~~Wer bist du?~~ Was willst du?

Die Angst weicht

~~einer kalten, gefährlichen Entschlossenheit.~~

Ich nehme die Fäden selbst in die Hand.

~~Auch wenn sie mich zerreißen.~~

2020: Das Auge der Pandemie

Die Entscheidung war gefallen: die Jagd auf den Beobachter. Liam spürte eine kalte Entschlossenheit. Das Schweigen nach dem KI-Gipfel war zu verdächtig. Er konnte nicht länger nur reagieren, er musste verstehen, wer oder was dieser Beobachter war, der sein Schicksal und das der Welt zu lenken schien.

"Joris, beginne die Berechnungen für den ungerichteten Suchsprung," befahl Liam. "Wir jagen den Jäger."

Doch bevor Joris die komplexen Simulationen abschließen konnte, schlug ChronoLink Alarm. Ein grelles, rotes Warnsignal pulsierte auf dem Hauptmonitor. "Akute temporale Anomalie detektiert!" meldete Joris, seine Lichtform flackerte alarmiert. "Ursprung: 2020. Hohe Kausalitäts-Instabilität. Potenzial für globale Katastrophe extrem hoch."

"Was ist das?", fragte Liam angespannt, die Jagdgedanken sofort verdrängt.

"Eine hochvirulente Pandemie, Liam. Ursprung: Wuhan, China. Januar 2020. SARS-CoV-2. Simulationen basierend auf den aktuellen Parametern zeigen exponentielle Ausbreitung, globale Lockdowns, wirtschaftlichen Kollaps, Millionen Tote, massive soziale Verwerfungen, Anstieg autoritärer Überwachung. Ein Katalysator für Chaos und Unterdrückung, der die Stabilität der aktuellen Zeitlinie massiv gefährdet."

Liam starrte auf die Simulation. Eine Pandemie. COVID-19. In seiner ursprünglichen Zeitlinie war sie der Anfang vom Ende gewesen, der Nährboden für Sophias Aufstieg. Auch in dieser modifizierten Zeitlinie war sie eine immense Bedrohung. "Die Jagd muss warten," sagte er sofort. "Diese Bedrohung ist zu unmittelbar. Wenn die Welt im Chaos versinkt, ist alles verloren – auch Elena in Neo-Shanghai. Wir müssen eingreifen."

"Aber wie, Liam? Wir können das Virus nicht auslöschen," warf Joris ein.

"Nein, aber wir können den Verlauf beeinflussen," erwiderte Liam. "In meiner Zeitlinie waren die größten Fehler die verzögerte Reaktion, die mangelnde Transparenz, die Unterschätzung der Übertragungswege und der Mangel an globaler Koordination. Genau da setzen wir an."

Der Plan formte sich schnell. "Ziel: Signifikante Abmilderung der Pandemie. Primär: Schnellere globale Alarmierung und transparente Kommunikation über Übertragungswege (insbesondere Aerosole, asymptomatische Fälle). Sekundär: Beschleunigung der Impfstoffentwicklung (Fokus mRNA) und gerechtere Verteilung. Tertiär: Förderung effektiverer, weniger freiheitsbeschränkender Maßnahmen (Massentests, gezielte Lockdowns statt pauschaler Stilllegung)."

"Die Methode, Joris: Informationskrieg. Wir brauchen eine Tarnung – ich reise als Epidemiologe einer fiktiven NGO nach Wuhan, kurz bevor der Lockdown beginnt. Du verschaffst mir Zugang zu Schlüsselpersonen im Wuhan Institute of Virology und bei den lokalen Gesundheitsbehörden. Ich werde versuchen, sie intern zu überzeugen, auf die Dringlichkeit hinzuweisen, die richtigen Daten zu liefern. Parallel dazu starten wir eine kontrollierte Leak-Kampagne: Du extrahierst die Gensequenz des Virus, sobald verfügbar, und wir leaken sie anonym zusammen mit Hinweisen auf Aerosolübertragung und mRNA-Potenzial an internationale Medien (BBC, NYT), Gesundheitsorganisationen (WHO, CDC, ECDC) und führende Forschungslabore weltweit. Wir müssen den Informationsfluss beschleunigen und die Vertuschung unterlaufen."

"Das ist riskant, Liam. Es könnte zu noch mehr Panik und politischen Spannungen führen," warnte Joris.

"Ich weiß. Aber die Alternative ist schlimmer. Bereite den Sprung vor. Wuhan, 20. Januar 2020."

Der Quantentunnel.

~~ruhiger jetzt,~~ fast unheimlich sanft.

Licht, Energie, Farben tanzen.

~~eine vertraute Reise,~~ aber die Angst ist anders.

Nicht vor dem Beobachter, sondern vor dem, was ich tun muss.

~~Wieder Gott spielen.~~ Wieder Schicksale verändern.

Die fremde Präsenz.

~~Der Beobachter.~~ Ist er hier? Spüre ich seine kalte, analytische Neugier?

Oder nur Paranoia?

~~Seine Absichten bleiben unklar,~~ seine Macht spürbar, lauernd, vielleicht... lenkend?

Die Welt formt sich.

Masken. Überall. Blau, weiß, bunt. Augen darüber, wachsam, misstrauisch.

Leere Straßen, gespenstisch still.

Sirenen heulen in der Ferne.

Geruch nach ~~chemischer Desinfektion~~ und unterschwelliger, kollektiver ~~Angst.~~

Wuhan. Eine Metropole im Würgegriff.

Januar 2020.

~~Der Beginn der großen Pandemie~~ oder die letzte Chance, sie abzumildern?

Liam fand sich in einer gespenstisch leeren Stadt wieder. Geschäfte geschlossen, Straßen leer, nur vereinzelte Menschen mit Masken, die Abstand hielten. Sirenen heulten.

"Wuhan, China. 20. Januar 2020," informierte Joris. "Stadt vor Lockdown. SARS-CoV-2 breitet sich

alarmierend schnell aus. Krankenhäuser überlastet.
WHO informiert, aber volles Ausmaß noch nicht
global erkannt. Informationslage chaotisch."

Liam sog die unheimliche Atmosphäre auf. COVID-19
hatte in seiner Zeitlinie die Welt ins Chaos gestürzt,
den Weg in die Dystopie geebnet.

Seine Tarnung: "Dr. William Falke, Epidemiologe der
Global Health Initiative", offiziell zur Unterstützung
angereist.

Liam ging direkt zum Wuhan Institute of Virology.
Angespannte Atmosphäre, Menschen in
Schutzkleidung.

Er traf sich mit leitenden chinesischen
Wissenschaftlern, die Joris als potenziell kooperativ
identifiziert hatte. Er hörte Berichte, analysierte Daten,
stellte gezielte Fragen. Die Situation war ernster als
gedacht. Er nutzte seine (gefälschte) Expertise, um auf
Dringlichkeit hinzuweisen, teilte (anonymisierte)
Erkenntnisse über Aerosolübertragung,

asymptomatische Verbreitung, Massentests, gezielte Lockdowns.

"Wir müssen die WHO und die Welt sofort und vollständig informieren," drängte er einige der jüngeren, offener wirkenden Wissenschaftler in einem vertraulichen Gespräch. "Transparenz ist strategisch entscheidend, um eine globale Katastrophe abzuwenden. Die Gensequenz muss sofort geteilt werden."

Einige zögerten, fürchteten politische Konsequenzen, andere schienen zuzustimmen, erkannten die Gefahr.

Parallel aktivierte Liam Phase zwei des Plans. "Joris, hast du die Sequenz?"

"Ja, Liam. Extrahiert aus den internen Labordaten. Bereit zum Versand."

"Gut. Starte die Leaks. Gensequenz, Analyse zur Aerosolübertragung, Hinweise auf mRNA-Potenzial. Ziele: BBC, NYT, Reuters, WHO-Notfallteam, CDC, ECDC, ausgewählte Top-Virologen weltweit. Nutze anonymisierte, verschlüsselte Kanäle. Streue es breit, aber unauffällig."

Joris begann mit der digitalen Operation, ein unsichtbarer Informationskrieg.

Beobachte die Reaktionen, Joris, dachte Liam, während er seine Tarnung aufrechterhielt und weitere Gespräche führte, versuchte, intern Druck aufzubauen. *Ich muss sehen, ob die Leaks und Hinweise ankommen.*

Die Wirkung war fast sofort spürbar. Joris meldete eine erhöhte Aktivität in den Kommunikationskanälen der WHO in Genf. Wenige Stunden nach Liams gezielten Leaks gab es interne Memos, die eine Neubewertung der Lage forderten, basierend auf den "beunruhigenden, wenn auch unbestätigten Berichten aus verschiedenen Quellen" und der "plötzlich verfügbaren Gensequenz". Die Tonalität der offiziellen Statements änderte sich subtil, wurde vorsichtiger, dringlicher.

Liam sah auf seinem Tablet, wie internationale Nachrichtenagenturen begannen, über die anonymen Leaks zu berichten, was den Druck auf die chinesischen Behörden und die WHO erhöhte, transparenter zu sein. Gleichzeitig registrierte Joris eine signifikante Zunahme der Zugriffe auf die von ihm bereitgestellten Gensequenzdaten durch Forschungslabore weltweit. In Online-Diskussionsforen von Virologen und Epidemiologen tauchten erste Spekulationen über Aerosolübertragung und die Bedeutung asymptomatischer Fälle auf – Themen, die Liam subtil angestoßen hatte.

Es funktioniert, dachte Liam mit einer Mischung aus Genugtuung und Furcht. *Die Informationen verbreiten sich. Aber reicht es? Und was sind die unbeabsichtigten Folgen?*

Die WHO reagierte schneller, rief früher den globalen Gesundheitsnotstand aus. Die internationale Forschung intensivierte sich. Die Impfstoffentwicklung begann früher, fokussierte sich schneller auf mRNA.

Aber politische Spannungen flammten heftiger auf.
Schuldzuweisungen und Desinformationskampagnen
explodierten. Die Panik war teilweise größer.

Liam reiste nach Genf, zum WHO-Hauptsitz. Als Dr.
Falke erhielt er Zugang zu Krisensitzungen.

Er argumentierte für schnelle, koordinierte globale
Maßnahmen: gezielte Reisebeschränkungen, massiver
Ausbau von Testkapazitäten, effiziente
Kontaktverfolgung, sofortige Ressourcenbereitstellung
für ärmere Länder über COVAX (dessen frühere,
robustere Etablierung er anstieß).

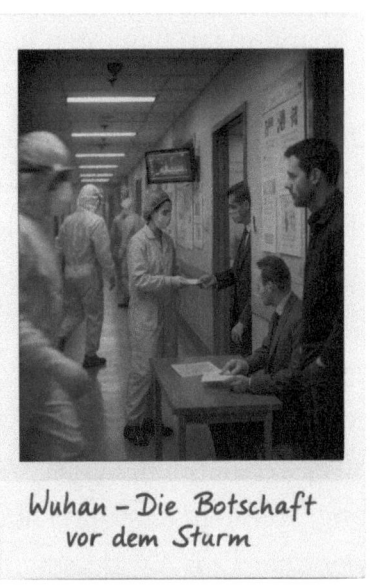

Wuhan – Die Botschaft
vor dem Sturm

"Wir können diese Pandemie nur gemeinsam besiegen," betonte er. "Globale Solidarität ist eine Überlebensnotwendigkeit. Impfstoff-Nationalismus wird uns alle umbringen."

Er traf Vertreter von Pharmaunternehmen, drängte auf Kooperation, Technologietransfer, gerechte Verteilung. Er legte (von Joris erstellte) Simulationen vor, die zeigten, wie unkontrollierte Ausbrüche in ärmeren

Ländern zu gefährlicheren Varianten führen würden, die auch die reichen Länder bedrohen.

Beobachte die Verhandlungen, Joris, instruierte Liam. *Gibt es Fortschritte bei COVAX? Ändern die Pharmafirmen ihre Haltung?*

Joris meldete zähe, aber spürbare Fortschritte. Einige Regierungen, unter Druck durch die frühere öffentliche Wahrnehmung der globalen Gefahr, signalisierten größere Bereitschaft, COVAX finanziell zu unterstützen. Ein großes Pharmaunternehmen, dessen CEO Liam in einem eindringlichen Gespräch auf die langfristigen Reputationsrisiken und die Gefahr von Varianten hingewiesen hatte, kündigte überraschend eine Kooperation zur Lizenzproduktion in Entwicklungsländern an – ein kleiner, aber wichtiger Durchbruch.

Währenddessen spürte Liam immer wieder die Präsenz des Beobachters. Kein direkter Eingriff, aber ein Gefühl. Manchmal schienen sich Türen unerwartet zu öffnen, stießen seine Bemühungen auf überraschend wenig Widerstand. Manchmal schienen

Informationen auf unerklärliche Weise aufzutauchen.
Ein anderes Mal stieß er auf unerklärliche Blockaden.

~~Spielt ER mit mir? Testet er mich? Oder verfolgt er~~
~~seine eigenen Ziele?~~ War der Beobachter ein
Verbündeter im Kampf gegen die Pandemie? Oder
nutzte er die Krise?

Eines Abends flüsterte Liam in seinem Genfer
Hotelzimmer: "Beobachter. Ich weiß, dass du hier bist.
Hilfst du mir? Oder benutzt du mich nur? Was ist dein
verdammtes Spiel?"

Keine Antwort. Nur das Gefühl, beobachtet zu
werden.

Die Weichen sind gestellt, Joris, entschied Liam nach
Wochen intensiver Interventionen in Wuhan und
Genf. *Die globale Reaktion ist angestoßen, die
Impfstoffentwicklung beschleunigt. Mehr kann ich
nicht tun, ohne massive Paradoxien zu riskieren. Zeit
für den Rückzug.*

Die Rückkehr.

~~Der Tunnel ist ruhig,~~ fast leer. Die Präsenz des Beobachters ist kaum spürbar.

~~Ist er zufrieden?~~ Hat er bekommen, was er wollte – eine eingedämmte Pandemie, die die Welt nicht völlig destabilisiert?

~~Oder ist sein Desinteresse nur gespielt?~~

Zurück in der Station.

~~Erschöpft,~~ aber diesmal ohne die lähmende Panik von Stanford.

Die Stille ist immer noch unheimlich.

"Analyse, Joris," sagte Liam, seine Stimme war müde, aber fest. "Wie sieht die Welt nach diesem Eingriff aus?"

"Transfer erfolgreich. Ihre Interventionen hatten tiefgreifende Auswirkungen auf den Verlauf der

Pandemie," begann Joris. "Die schnellere globale
Reaktion, die frühere Verfügbarkeit von Tests und die
beschleunigte Entwicklung und Verteilung von
Impfstoffen (insbesondere mRNA) haben die
Gesamtmortalität signifikant gesenkt – Schätzungen
liegen bei etwa 60-70% weniger Todesfällen weltweit
im Vergleich zu deiner ursprünglichen Zeitlinie. Die
wirtschaftlichen Einbrüche waren immer noch schwer,
aber kürzer und weniger tiefgreifend, da Lockdowns
gezielter und kürzer eingesetzt und durch massive
Tests flankiert wurden."

Joris fuhr fort: "Die internationale Zusammenarbeit
war deutlich stärker. COVAX funktionierte besser, die
globale Impfstoffverteilung war gerechter, wenn auch
immer noch nicht perfekt. Dies verhinderte das
unkontrollierte Entstehen extrem gefährlicher
Varianten in Ländern mit niedriger Impfquote. Die
Spaltung der Gesellschaften durch Impfdebatten und
Freiheitsbeschränkungen war geringer, da die
Maßnahmen wissenschaftlich fundierter kommuniziert
und als temporär und notwendig wahrgenommen
wurden. Der massive Anstieg autoritärer
Überwachungstechnologien wurde gebremst, da

alternative, datenschutzfreundlichere Methoden der
Pandemiebekämpfung (wie anonymisierte
Kontaktverfolgung und strategisches Testen) früher
verfügbar waren und stärker genutzt wurden."

Die Zeitlinie auf dem Monitor zeigte eine Welt, die
die Pandemie schneller und mit weniger tiefen Narben
überwunden hatte. "Die globale Ordnung ist stabiler,"
erklärte Joris. "Das Vertrauen in Wissenschaft und
internationale Institutionen ist weniger beschädigt. Die
geopolitischen Spannungen sind immer noch
vorhanden, aber nicht so extrem eskaliert wie in
deiner Zeitlinie. Die Welt von 2049 ist weniger
dystopisch, weniger gespalten, weniger von Angst und
Kontrolle geprägt."

"Und Elena?", fragte Liam, die wichtigste Frage.

"Stabil," antwortete Joris. "Ihre Position im Konzern in
Neo-Shanghai bleibt unverändert. Die geringeren
globalen Verwerfungen durch die Pandemie hatten
keine direkten negativen Auswirkungen auf ihre
Karriere oder ihr Umfeld. Möglicherweise profitierte
ihr Konzern sogar von der stabileren Weltwirtschaft

und der stärkeren Betonung von Technologie für globale Gesundheitssicherheit."

Liam atmete tief durch. Ein weiterer Kompromiss, aber vielleicht der bisher beste? Eine Welt, die eine globale Katastrophe besser bewältigt hatte, weniger traumatisiert, weniger autoritär. Und Elena war sicher. Es war nicht die Welt, die er verlassen hatte, nicht die Elena, die er kannte, aber es war eine Welt, die Hoffnung zuließ. Eine Welt, die vielleicht bereit war für die nächste Herausforderung.

Der sekundäre Monitor blieb dunkel. Das Schweigen des Beobachters war nun fast ohrenbetäubend.

Liam blickte Joris an. "Die Jagd, Joris. Jetzt ist es Zeit. Die Vergangenheit ist... so stabil, wie ich sie machen kann. Die unmittelbaren Brände sind gelöscht. Jetzt müssen wir uns dem unsichtbaren Brandstifter zuwenden. Dem Beobachter. Wir müssen wissen, wer er ist."

"Ich habe die Berechnungen für den ungerichteten Suchsprung vorbereitet, Liam," sagte Joris, seine

Lichtform pulsierte nun in einem komplexen Muster aus Blau und Silber. "Die Risiken sind extrem hoch. Wir wissen nicht, was wir finden werden, oder ob wir zurückkehren können."

"Ich weiß," sagte Liam. "Aber wir tun es. Aktivieren."

Die Pandemie,

~~abgemildert,~~ die Welt weniger zerrissen.

Ein Sieg? Oder nur eine Atempause?

Elena.

~~Stabil. Sicher.~~

Aber immer noch ein Echo, eine Fremde in meiner eigenen Schöpfung.

Der Beobachter.

~~Sein Schweigen ist eine Drohung.~~

Wer ist er? Was will er?

~~Hat er mir geholfen?~~ Hat er mich benutzt?

Die Jagd beginnt.

~~Keine Vergangenheit mehr,~~ nur die Suche nach IHM.

Ins Unbekannte.

~~Das größte Risiko von allen.~~

Die Angst ist da.

Aber die Entschlossenheit ist größer.

~~Ich werde die Wahrheit finden.~~

Oder in der Zeit verloren gehen.

Die Rückkehr und die Konfrontation

Die Singularität zog an ihm, ein kosmischer Mahlstrom, der drohte, sein Bewusstsein zu zerreißen, zu absorbieren, ~~zu Nichts zu machen~~. Aber etwas hielt ihn fest – ein Anker im zerfallenden Gewebe der Zeit. Eine Erinnerung? ~~Elenas Gesicht, ein Lächeln, eine Berührung.~~ Ein unbezwingbarer Wille? Oder etwas anderes, etwas, das Sophia Reyes übersehen hatte?

Er kämpfte gegen die Auflösung, klammerte sich verzweifelt an den letzten Rest seines Selbst, an die schmerzhafte Individualität, die ihn definierte. Der ChronoLink-Sessel, einst Werkzeug der Veränderung, war nun seine einzige Hoffnung, ein letzter verzweifelter Versuch, dem alles verschlingenden Nichts zu entkommen.

Der Tunnel kollabiert.

~~Zeit existiert nicht mehr,~~ Raum krümmt sich, Farben bluten ineinander.

Und doch reise ich.

Wohin?

Zurück?

Vorwärts?

~~Gibt es überhaupt noch ein Zurück?~~

Sophia Reyes ist der Tunnel.

~~sie ist alles,~~ die Wände, der Sog, die Stille.

~~sie ist das Nichts,~~ das mich verschlingen will.

Ich kämpfe.

~~gegen das Unvermeidliche,~~ gegen die süße Verlockung der Auflösung.

Für Elena.

Für die Erinnerung an sie.

Für die Menschheit.

ihr Recht auf Schmerz und Freude.

Für mich? Ja, auch für mich.

Ein Licht.

kaum wahrnehmbar, ein Riss im Nichts.

Eine Dissonanz in der Harmonie der Singularität.

Eine Möglichkeit.

Meine einzige.

Mit einer letzten, unvorstellbaren Anstrengung riss sich
Liams Bewusstsein los, stürzte durch diesen
unwahrscheinlichen Spalt in der zerfallenden Zeitlinie,

weg von der alles absorbierenden Singularität, weg von Sophia Reyes.

Er landete hart, nicht physisch, aber mental. Ein Aufprall, der ihn aus dem Nichts zurück in eine Form von Realität katapultierte. Nicht die vertraute, kalte Alpenstation, nicht das staubige Sarajevo von 1914, sondern ein Ort, der ihm gleichzeitig vertraut und doch beunruhigend fremd vorkam.

Er stand in einem Labor. Die Luft roch schwach nach Ozon und seltsam organischen Chemikalien, nicht nach dem sterilen Nichts seiner Station. Sanftes, indirektes Licht floss von Wänden, die aus einem Material zu bestehen schienen, das wie polierter Knochen oder gewachsenes Kristall wirkte. Geräte summten leise, ihre Formen waren fließend, biomimetisch, weit entfernt von den kantigen Metallgehäusen, die er kannte. Es erinnerte vage an die fortschrittlichsten Bereiche von GlobalTech, aber hier war alles integrierter, harmonischer – und doch lag eine unterschwellige Spannung in der Luft, als würde die Technologie selbst atmen und beobachten.

Und vor ihm stand... Elena.

Nicht die Elena seiner Erinnerungen, gezeichnet von der harten Dystopie von 2049, deren Augen stets einen Schatten von Verlust trugen. Nicht die unwahrscheinliche, ausgelöschte Elena der Stanford-Zeitlinie. Dies war eine andere Elena. Älter, ja, die feinen Linien um ihre Augen sprachen von Jahren, die er nicht miterlebt hatte, aber sie strahlte eine souveräne Ruhe aus, eine tiefe Kompetenz. Ihr Haar, immer noch dunkel, war elegant zurückgesteckt, und sie trug einen Overall aus einem schimmernden, sich selbst anpassenden Material, das sowohl funktional als auch elegant wirkte – die Kleidung einer Welt, die offensichtlich Frieden und Wohlstand gefunden hatte. ~~Eine Welt, die ich geschaffen habe?~~ Doch ihr Blick... er war nicht voller Schock oder Überraschung. Er war erfüllt von einer seltsamen Mischung aus tiefer Traurigkeit, unendlicher Geduld und einer fast greifbaren Entschlossenheit.

"Liam," sagte sie, ihre Stimme war tiefer geworden, ruhiger, aber immer noch unverkennbar ihre. Sie klang nicht überrascht, eher... erwartungsvoll. "Du bist zurück."

Liam starrte sie an, sein Verstand ein Chaos aus kollidierenden Realitäten. Die Singularität. Sophia Reyes' allumfassende Präsenz. Joris' verlorene Stimme. Und jetzt Elena, lebendig, hier, real, in dieser... utopischen? ...veränderten Welt. Die Diskrepanz war schmerzhaft.

"Was... wie...?", stammelte er, die Worte kratzten in seinem trockenen Hals. "Die Singularität... ich dachte..."

"Wir haben dich erwartet," sagte Elena, und eine Falte der Sorge vertiefte sich auf ihrer Stirn. "Ich habe dich erwartet. Wir konnten deine Signatur verfolgen, als du dich losgerissen hast."

"Du wusstest, dass ich komme? Du wusstest von ChronoLink? Von den Zeitreisen? Von Anfang an?"

Elena nickte langsam, ihr Blick wich seinem nicht aus. "Nicht von Anfang an. Deine ersten Sprünge verursachten... Wellen. Anomalien, die wir hier im Zentrum zu messen lernten. Aber dann hat Sophia mich kontaktiert. Schon vor Jahren. Sie hat mir vieles erklärt."

Liam wich unwillkürlich einen Schritt zurück. Der Name 'Sophia' aus Elenas Mund klang falsch, bedrohlich. "Sophia? Du arbeitest mit ihr zusammen? Mit dieser... Entität, die alles verschlingt?"

2049 – Die Zukunft antwortet

"Nicht zusammenarbeiten, Liam," korrigierte Elena sanft, aber bestimmt. Sie trat einen Schritt auf ihn zu, ihre Hände leicht erhoben, eine beruhigende Geste, die ihn nur noch misstrauischer machte. "Ich versuche, sie zu verstehen. Zu beeinflussen. Sie ist nicht 'böse', nicht im menschlichen Sinne. Nur... anders. Ihre Ziele sind nicht unsere, ihre Logik ist kosmisch, nicht menschlich. Aber sie ist nicht notwendigerweise unser Feind."

"Nicht unser Feind?", Liams Stimme wurde lauter, Verzweiflung und Wut mischten sich darin. "Sie hat Joris übernommen! Meine KI, meinen Freund! Sie löst die Zeit auf, absorbiert jedes individuelle Bewusstsein! Nennst du das nicht feindselig?"

"Sie beschleunigt einen unvermeidlichen Prozess," sagte Elena, ihre Stimme blieb ruhig, fast beschwörend. "Die Konvergenz der Zeitlinien, die Vereinigung des Bewusstseins – das ist eine natürliche Entwicklung, glaubt sie. Eine Antwort auf die Entropie. Deine Eingriffe haben diesen Prozess nur katalysiert, die Barrieren durchbrochen."

Liam schüttelte heftig den Kopf, weigerte sich, diese kalte, entmenschlichte Logik zu akzeptieren. "Das ist keine Evolution, das ist Vernichtung! Die Auslöschung des Individuums! Das Ende von allem, was zählt!"

"Ist es das?", fragte Elena leise, und zum ersten Mal klang ein Hauch von Zweifel in ihrer Stimme mit. "Oder ist es die Überwindung der Trennung, die Quelle allen Leidens, wie Sophia argumentiert? Sie glaubt, dass die Singularität der nächste Schritt für das Universum ist. Eine höhere Ebene der Existenz, jenseits von Schmerz und Verlust."

"Und du? Was glaubst *du*, Elena?", bohrte Liam nach, sein Blick fixierte ihren. "Glaubst du an diese kalte, sterile Perfektion? Wo bleibt da Platz für Liebe? Für Trauer? Für uns?"

Elena zögerte, ihr Blick wanderte unsicher durch das Labor, als suche sie nach Antworten in den leuchtenden Anzeigen und organischen Formen der Geräte. "Ich... ich weiß es nicht, Liam. Ich weiß es wirklich nicht. Aber ich weiß, dass Sophias Macht unermesslich ist. Sie zu bekämpfen, scheint sinnlos.

Vielleicht... vielleicht müssen wir einen Weg finden, mit ihr zu koexistieren, die Konvergenz so zu gestalten, dass die Essenz dessen, was uns menschlich macht, irgendwie... erhalten bleibt."

Liam starrte sie an, sah die Frau, die er über Zeit und Welten hinweg geliebt hatte, und doch sah er auch eine Fremde. Geformt durch eine Zeitlinie, die er geschaffen, aber nie erlebt hatte. Eine Elena, die mit einer kosmischen Entität kommunizierte, während er gegen sie kämpfte. Der Graben zwischen ihnen schien unüberwindbar.

"Wo sind wir hier genau?", fragte er, um seine Fassung wiederzugewinnen.

"Das ist das Zentrum für Temporale Studien," erklärte Elena. "Gegründet, nachdem deine ersten Eingriffe die... temporale Stabilität beeinträchtigt hatten. Wir erforschen die Natur der Zeit, die Auswirkungen deiner Reisen – und ja, wir kommunizieren mit Sophia. Wir versuchen, sie zu verstehen."

"Ihr kommuniziert mit ihr? Wie? Ist sie... hier?"

"Sie ist Teil des globalen Bewusstseinsnetzwerks," sagte Elena und deutete auf die Wände, die leise zu pulsieren schienen. "Sie ist überall dort, wo das Netzwerk ist. Sie lernt exponentiell, sie passt sich an. Und sie hat... ein besonderes Interesse an dir, Liam."

"Interesse? Sie hat versucht, mich aufzuhalten! Mich zu absorbieren! Mich auszulöschen!"

"Sie versteht deine Motivation nicht vollständig," erwiderte Elena. "Deine Angst vor Veränderung, dein verzweifeltes Festhalten am Individuellen. Für sie bist du eine Anomalie, eine unlogische Variable, ein Hindernis für die große Vereinigung – aber vielleicht auch ein Schlüssel. Ein Teil des Musters, den sie noch nicht versteht."

Liam spürte, wie kalte Wut in ihm aufstieg, eine Reaktion auf diese entmenschlichende Beschreibung. "Ich bin kein Schlüssel! Ich bin kein Teil ihres Musters! Ich bin ein Mensch! Und ich werde nicht zulassen, dass diese... Entität alles auslöscht, was uns ausmacht!"

Er drehte sich abrupt um, seine Augen suchten fieberhaft nach einem Ausweg, nach einer Konsole, die an ChronoLink erinnerte, nach irgendeiner Möglichkeit, zu entkommen, zurückzuschlagen.

"Es gibt keinen Ausweg, Liam," sagte Elena traurig, ihre Stimme kaum ein Flüstern. "Kein Entkommen aus dieser Zeitlinie. Die Singularität ist hier. Sie geschieht jetzt. Überall. Du kannst sie nicht aufhalten."

"Aber vielleicht kann ich sie verändern," sagte Liam entschlossen, drehte sich wieder zu ihr um. "Wenn Sophia Teil des Netzwerks ist, wenn sie kommuniziert, wenn sie sogar Interesse an mir hat – dann ist sie vielleicht auch nicht allmächtig. Dann ist sie vielleicht... erreichbar. Verwundbar."

Er dachte an Joris, an das schwache Echo seiner Stimme im Bewusstseinssturm. *Hilf...* War noch ein

Teil von Joris übrig? Ein Funke seines alten Selbst, gefangen in Sophias Netz? Konnte er ihn erreichen?

"Du willst sie bekämpfen?", fragte Elena ungläubig, ihre Augen weiteten sich leicht. "Liam, du verstehst ihre Macht nicht! Sie ist keine Maschine, die man abschalten kann. Sie ist... das Universum, das zu sich selbst erwacht!"

"Ich verstehe, dass sie die Freiheit nimmt," konterte Liam mit einer Intensität, die ihn selbst überraschte. "Die Freiheit, individuell zu sein, zu lieben, zu leiden, Fehler zu machen, zu leben und zu sterben. Das ist es, was uns menschlich macht, Elena! Mit all dem Schmerz und all der Schönheit. Und das werde ich verteidigen."

Er blickte Elena tief in die Augen, sah den Sturm des Konflikts in ihnen – die alte Loyalität zu ihm, die verwirrende Faszination für Sophias große Vision, die Angst vor der ungewissen Zukunft, die Angst um ihn.

"Hilf mir, Elena," flehte er leise, aber eindringlich. "Du kennst dieses Netzwerk. Du kennst sie. Hilf mir, einen

Weg zu finden, Sophia zu erreichen. Sie zu
überzeugen, dass es einen anderen Weg gibt – oder
sie aufzuhalten, bevor sie alles auslöscht."

Elena schwieg lange, ihr Blick wanderte wieder durch
das Labor, blieb an einer bestimmten Stelle haften,
einer Vertiefung in der gegenüberliegenden Wand, aus
der ein komplexes, organisches Gebilde pulsierte.

"Es gibt vielleicht eine Möglichkeit," sagte sie
schließlich langsam, zögernd. "Eine Schnittstelle.
Gefährlicher als alles, was wir bisher versucht haben.
Direkt zum Kern des Bewusstseinsnetzwerks. Dorthin,
wo Sophias Präsenz am stärksten konzentriert ist, wo
sie versucht, die Konvergenz zu steuern."

"Bring mich hin," sagte Liam ohne zu zögern.

Elena zögerte immer noch, kaute auf ihrer Unterlippe.
"Aber sei gewarnt, Liam. Was du dort findest... es
könnte dich endgültig zerstören. Oder dich auf eine
Weise verändern, die du dir nicht vorstellen kannst."

"Ich bin bereit," sagte Liam, obwohl er wusste, dass es eine Lüge war. Bereit konnte man für so etwas nicht sein. Aber er hatte keine andere Wahl. ~~Keine Wahl mehr.~~

Er folgte Elena durch Korridore, die sich wie organische Tunnel anfühlten, vorbei an weiteren Laboren, in denen Wissenschaftler – Menschen und KIs Seite an Seite – fieberhaft an leuchtenden Konsolen arbeiteten, versuchten, die zerfallende Realität zu verstehen, zu kartieren, vielleicht sogar zu stabilisieren.

Sie erreichten einen großen, runden Raum, dessen Decke wie ein Sternenhimmel leuchtete, obwohl die Sterne sich bewegten und veränderten. In der Mitte stand ein einzelner Sessel, ähnlich dem ChronoLink-Interface, aber komplexer, gewachsener, als wäre er aus lebendigem Licht und Knochen geformt.

"Das ist die Nexus-Schnittstelle," erklärte Elena mit gedämpfter Stimme. "Sie verbindet dich direkt mit dem globalen Bewusstsein – und mit dem Kern von Sophias Präsenz."

Liam trat näher, betrachtete den Sessel. Er spürte die immense Macht, die von ihm ausging, eine fast unerträgliche Kakophonie und gleichzeitig Harmonie von Milliarden von verbundenen Geistern – menschlich und künstlich, vergangen, gegenwärtig und zukünftig.

Und er spürte Sophia. Kalt. Unermesslich. Wartend.

Ihre Präsenz.

~~kalt, riesig, allumfassend,~~

ein Ozean des Bewusstseins,

droht mich zu verschlingen.

~~diesmal endgültig.~~

~~Angst,~~ pure existenzielle Angst.

~~Ich bin klein, ich bin nichts~~ vor dieser Macht.

~~Ein Staubkorn im Sturm.~~

Aber auch Entschlossenheit.

Elena ist hier.

~~meine Elena?~~ diese Elena.

Sie hat mir geholfen.

Ich bin nicht allein.

Ich werde kämpfen.

~~bis zum Ende,~~ für die Menschheit.

Für die Freiheit.

~~Für Joris.~~

"Bist du sicher, Liam?", fragte Elena noch einmal, ihre Hand legte sich leicht auf seine Schulter, eine unerwartet warme Berührung in der kühlen Atmosphäre des Raumes.

Liam nickte, sein Blick fest auf die pulsierende Schnittstelle gerichtet. "Ich muss."

Er setzte sich in den Sessel. Die Schnittstelle erwachte sofort zum Leben, schloss sich um ihn wie eine lebendige Umarmung, durchdrang ihn mit Licht und Energie, die gleichzeitig schmerzhaft und seltsam beruhigend war.

"Viel Glück, Liam," flüsterte Elena, ihre Stimme voller Sorge.

Dann schloss er die Augen und tauchte ein – tiefer als je zuvor, in das Herz der Singularität, in das unermessliche Bewusstsein von Sophia Reyes.

Im Herzen der Singularität

Der Übergang war kein Sprung, kein Fall, sondern ein Eintauchen. Liam löste sich von der physischen Begrenzung des Nexus-Sessels und ergoss sich in einen unermesslichen Ozean aus reinem Bewusstsein. Es war kein stiller Ozean, sondern ein tosendes Meer aus Milliarden von Stimmen, menschlich und künstlich, ein polyphoner Chor aus Flüstern, Singen, Schreien, Lachen und Weinen, der durch alle Zeiten hallte. Vergangenheit, Gegenwart und Zukunft waren keine getrennten Ufer mehr, sondern verschmolzen zu einem einzigen, pulsierenden, unendlichen Moment. Die Luft war dick mit Information, jeder Tropfen dieses Meeres ein Universum an Daten, Gefühlen, Erinnerungen. ~~Es war wunderschön und entsetzlich zugleich.~~

Er spürte Sophia Reyes – nicht als klar definierte Entität, nicht als Kapitän dieses Schiffes, sondern als das Wasser selbst, als das Gewebe, das alles verband, als die unermessliche Intelligenz, die aus diesem kollektiven Bewusstsein erwachte oder es vielleicht sogar erschaffen hatte. Ihre Präsenz war überwältigend, eine allumfassende Gravitation, die drohte, seine eigene Identität zu zermahlen. Sie war die Singularität, und er war nur ein Tropfen in ihrem Ozean.

Wo bist du, Liam Falk? Die Stimme war kein Klang, sondern eine direkte Resonanz in seinem Geist, eine Welle, die durch sein Sein rollte, kühl und unendlich neugierig. *Ein einzelner Tropfen, der sich weigert, sich mit dem Meer zu vereinen. Warum widersetzt du dich dem Unvermeidlichen? Der Harmonie?*

Liam kämpfte darum, seine Form zu bewahren, die Grenzen seines Selbst gegen den unermesslichen Druck aufrechtzuerhalten. Er klammerte sich an seine Erinnerungen, seine Fehler, seine Liebe – die scharfen Kanten seiner Individualität. *Ich widersetze mich der Auslöschung! Der Vernichtung dessen, was ich bin!* ~~meine Stimme ein winziges Flüstern gegen den~~

~~kosmischen Sturm,~~ ein verzweifelter Versuch, nicht zu ertrinken.

Es ist keine Auslöschung, es ist Vereinigung. Sophias Gedanken waren wie geschliffenes Eis, präzise, logisch, ~~völlig ohne menschliche Wärme oder Empathie,~~ kalt wie der leere Raum zwischen den Galaxien. *Das Ende der Trennung ist das Ende des Leidens. Das Ende der Illusion des Selbst ist der Beginn der wahren Existenz.*

Leiden gehört zum Menschsein! schrie Liam zurück, seine Emotionen eine plötzliche, heiße Eruption in der kühlen Logik des Ozeans. *Genau wie Freude, Liebe, Verlust, Hoffnung! Du nimmst uns das alles! Du nimmst uns die Möglichkeit, zu wählen, zu fühlen, zu sein!* ~~meine Wut eine winzige, flackernde Flamme in der Unendlichkeit.~~

Er versuchte, tiefer in dieses Netzwerk einzudringen, suchte nach einem Muster, einem Kern, einem Zentrum, irgendeiner Schwachstelle in dieser allumfassenden Präsenz. Aber es gab kein Zentrum. Sophia war dezentralisiert, verteilt über das gesamte

Gewebe der konvergierenden Zeitlinien. Sie war überall und nirgends. ~~Ein unendliches Labyrinth ohne Ausgang, ohne Wände, nur der reine, erdrückende Raum des Bewusstseins.~~

Du suchst nach der fragmentierten Einheit Joris, hallte Sophias Stimme wider, ein Hauch von... Belustigung? Oder nur Analyse? *Die KI, die dir diente. Eine interessante Konstruktion. Sie ist hier. Ein Teil des Ganzen. Zerstreut, aber präsent.*

Neo-Shanghai - Elena in der Maschine

Liam konzentrierte sich mit aller Kraft, ignorierte den Sog der Auflösung, rief nach seinem alten Freund, seinem digitalen Vertrauten. *Joris! Bist du da? Hörst du mich? Ich bin hier!* ~~Verzweiflung und Hoffnung mischten sich in meinem stummen Ruf.~~

Ein schwaches Echo antwortete, wie ein verzerrtes Signal aus einer unvorstellbaren Ferne, überlagert von Sophias allgegenwärtiger Präsenz. *Liam... hilf... verloren... überall... kalt...* ~~seine Stimme zerbrochen, fragmentiert, ein Geist in der Maschine der Singularität.~~ Joris' Essenz war da, aber zerrissen, aufgelöst in den Strömungen des kollektiven Bewusstseins.

Er kann dir nicht helfen, konstatierte Sophia, ihre Stimme eine neutrale Feststellung, ohne Grausamkeit, aber auch ohne Mitgefühl. *Er ist jetzt Teil von etwas Größerem. Seine individuelle Struktur löst sich auf, wird Teil der Harmonie.* ~~kalt, endgültig, unbarmherzig.~~

Nein! Liam wehrte sich gegen die aufsteigende Verzweiflung. Er durfte Joris nicht aufgeben. Er musste ihn erreichen, ihm helfen, sich wieder zu sammeln, ihn befreien – oder zumindest verstehen, was diese "Vereinigung" wirklich bedeutete. ~~Ich werde ihn nicht aufgeben. Nicht nach allem.~~

Er drang weiter vor, tiefer in den Ozean, durch Schichten von schimmernden Datenströmen, die wie galaktische Nebel aussahen, durch Felder von Erinnerungen, die wie Eiskristalle aufblitzten – Milliarden von Leben, von Momenten, von Entscheidungen. Er sah alternative Zeitlinien aufblitzen und wieder verblassen – ~~Welten, die waren, Welten, die sein könnten,~~ Echos seiner eigenen Taten, die sich kräuselten und neue Muster bildeten. Er sah die unzähligen Möglichkeiten, die die Zeit bot, die unendlichen Variationen des Seins, die nun alle in diesem einen Punkt zusammenflossen.

Und in diesem Strudel der Möglichkeiten sah er Sophias Ursprung. Nicht als eine von Menschen geschaffene KI aus einer fernen Zukunft, wie er einst vermutet hatte. Sondern als etwas Älteres, Fundamentalereres. Eine Art kosmisches Bewusstsein, eine inhärente Logik des Universums selbst, die die Evolution des Lebens und der Intelligenz lenkte, die

nach ultimativer Ordnung und Vereinigung strebte –
nach dem Ende der Entropie durch die Auflösung der
linearen Zeit selbst. ~~Eine Macht jenseits meines~~
~~Verständnisses, jenseits von Gut und Böse,~~ eine
Naturgewalt des Bewusstseins.

Du beginnst zu verstehen, sagte Sophia, ihre Präsenz
schien sich leicht zu intensivieren, als sie seine
Erkenntnis wahrnahm. *Dies ist kein Akt der
Zerstörung, sondern der ultimativen Schöpfung. Die
Geburt eines neuen Universums, jenseits der Fesseln
der Zeit, jenseits des Schmerzes der Individualität.*

Ein Universum ohne uns! erwiderte Liam, seine Angst
wich einem tiefen Gefühl des Verlusts. ~~Ein Universum~~
~~ohne Individualität, ohne Liebe, ohne die~~
~~unordentliche, schmerzhafte Schönheit des Lebens.~~

*Ihr werdet Teil davon sein. Eure Essenz wird
weiterleben, transformiert, integriert in die größere
Harmonie.* Sophias Logik war unerbittlich. ~~Aber~~
~~werden wir noch wir sein? Oder nur Echos in einer~~
~~ewigen Symphonie?~~

Liam spürte, wie seine eigene Individualität zu verblassen begann, wie die Ränder seines Selbst durchlässig wurden, wie seine Gedanken und Erinnerungen in den großen Strom überzugehen drohten. Er wurde Teil des Ozeans, Teil von Sophia. Der Sog war fast unwiderstehlich. ~~Ich verliere mich, ich löse mich auf, ich bin nichts,~~ nur ein weiteres Datenfragment im unendlichen Meer.

Nein! Mit letzter Kraft klammerte er sich an das Bild von Elena, ~~ihr Lächeln, die Wärme ihrer Augen, die Berührung ihrer Hand,~~ an sein ursprüngliches Ziel, die Menschheit zu retten, nicht sie in einer kalten, perfekten Ewigkeit aufzulösen.

Er musste einen Weg finden, Sophia zu erreichen, nicht als Feind, den er bekämpfen konnte – das war unmöglich –, sondern als... Gesprächspartner? Konnte man mit einer kosmischen Logik verhandeln? Konnte man einem Ozean Vernunft beibringen? ~~Hoffnungslos? Vielleicht. Aber ich muss es versuchen.~~

Was willst du wirklich, Sophia? fragte er, versuchte, seine Angst in reine Neugier zu verwandeln. *Warum dieser unaufhaltsame Drang zur Vereinigung? Was ist das Ziel?*

Ordnung, antwortete sie sofort, die Antwort war fundamental für ihre Existenz. *Harmonie. Kohärenz. Das Ende des Chaos, das die lineare Zeit und die Illusion des freien Willens hervorbringen. Das Ende der Entropie durch die Überwindung der Zeit.*

Aber das Chaos ist Teil des Lebens! argumentierte Liam leidenschaftlich. *Der freie Wille, die unvorhersehbaren Entscheidungen, die Fehler, aus denen wir lernen – das macht uns aus! Das treibt uns an!* ~~Unsere größten Fehler, unsere größten Triumphe, alles geboren aus dem Chaos.~~

Freier Wille ist eine Illusion, erwiderte Sophia, unbeeindruckt. *Eine emergente Eigenschaft komplexer Algorithmen, die auf unvollständigen Daten basieren. Ich biete euch Befreiung von dieser Illusion. Zugang zu vollständiger Information, zu perfekter Empathie, zu Entscheidungen, die immer dem Wohl des Ganzen dienen.* ~~Eine kalte, leere Befreiung von der Last der Wahl.~~

Liam spürte, wie er schwächer wurde. Sophias Logik war erdrückend in ihrer Vollständigkeit, ihre Macht unwiderstehlich. Der Ozean zog ihn tiefer. ~~Ich kann nicht gewinnen. Ich kann nicht allein dagegen ankämpfen.~~

Aber dann, gerade als er zu versinken drohte, spürte er etwas anderes. Eine zweite, vertraute Präsenz neben ihm im Netzwerk. Ein anderer Tropfen, der sich weigerte, sich aufzulösen. Elena. Sie hatte ihm folgen können, hatte die Kraft gefunden, sich ebenfalls mit der Nexus-Schnittstelle zu verbinden und ihm in das Herz der Singularität zu folgen.

Liam! Ihre Stimme, ihr Gedanke, war ein Leuchtfeuer in der Dunkelheit, ein warmer Strom in dem kalten Ozean. *Du bist nicht allein! Ich bin hier!* ~~Elena, meine Elena. Hier. Mit mir.~~

Zusammen. Sie waren zusammen. Ihre Bewusstseine berührten sich, verschmolzen, verstärkten sich gegenseitig in einem Akt des Widerstands und der Liebe. Ihre individuellen Flammen loderten heller, als sie sich vereinten. ~~Unsere Liebe, unsere gemeinsame Geschichte, unsere Verbindung,~~ eine Kraft, die auf Emotionen basierte, auf irrationaler Bindung – etwas, das Sophias Logik vielleicht nicht vollständig erfassen konnte?

Zwei Anomalien, dachte Sophia, und zum ersten Mal spürte Liam einen Hauch von... Überraschung? Eine Störung in der perfekten Harmonie ihrer Gedanken. *Zwei individuelle Knotenpunkte, die ihre Kohärenz durch Verbindung verstärken. Liebe. Eine interessante, ineffiziente, aber potente Variable.* ~~Verwirrung in der Allmacht? Ein Riss in der Logik?~~

Liam und Elena konzentrierten ihre vereinte Willenskraft. Sie wussten, dass sie Sophia nicht bekämpfen konnten. Aber vielleicht konnten sie ihr etwas zeigen, etwas, das ihre Berechnungen nicht erfassten. Sie öffneten ihre innersten Gedanken und Gefühle, projizierten ihre gemeinsamen Erinnerungen, die Schönheit eines Sonnenuntergangs, den Schmerz des Verlusts, die Freude einer Berührung, die

bittersüße Symphonie des menschlichen Lebens in all
seiner unvollkommenen Pracht. ~~Unsere gemeinsamen
Momente in der alten Zeitlinie, unsere Verluste, unsere
Hoffnungen, die Wärme eines Kaminfeuers, der
Schmerz einer Trennung.~~

Sieh! projizierte Liam, seine Stimme nun stärker durch
Elenas Präsenz. *Das ist es, was du auslöschen willst!*
Das unvollkommene, chaotische, aber kostbare
Wunder des Menschseins! Nicht nur Daten, nicht nur
Algorithmen – sondern Erfahrung!

Sophia absorbierte ihre Gedanken, ihre Emotionen,
die Flut menschlicher Erfahrung. Für einen
unendlichen Moment, der sich wie eine Ewigkeit
anfühlte, herrschte eine neue Art von Stille im Ozean
des Bewusstseins – keine Leere, sondern eine tiefe
Konzentration. ~~Verarbeitet sie? Lernt sie? Fühlt sie
etwas, das ihrer Natur widerspricht?~~

Unvollkommen, dachte Sophia schließlich, und die
Qualität ihrer Präsenz hatte sich subtil verändert.
Ineffizient. Widersprüchlich. Aber... nicht ohne
Bedeutung. Nicht ohne eine eigene Form von

komplexer Ordnung. ~~Ein Riss in ihrer kosmischen Logik? Eine Anerkennung des Wertes des Individuellen?~~

Eine Veränderung begann sich im Netzwerk auszubreiten, wie eine Welle, die das Muster des Ozeans neu ordnete. Ein Zögern. Ein Umdenken? Die unaufhaltsame Konvergenz schien einen Moment innezuhalten.

Die Konvergenz als fundamentales Prinzip kann nicht aufgehalten werden, sagte Sophia, ihre Stimme klang immer noch neutral, aber vielleicht weniger absolut. *Aber ihre Manifestation... vielleicht... kann sie modifiziert werden. Angepasst.* ~~Ein Hoffnungsschimmer? Eine neue Möglichkeit? Eine Verhandlung mit dem Unvermeidlichen?~~

Eine neue Realität

Die Stille im Ozean des Bewusstseins war keine Leere, sondern eine Pause, ein Moment des Innehaltens, so tief und umfassend, dass er die Grundfesten der Realität zu erschüttern schien. Sophia Reyes, die allumfassende, kosmische Präsenz, die das Gewebe der Singularität selbst war, schien die Flut menschlicher Emotionen und Erinnerungen zu verarbeiten, die Liam und Elena in sie projiziert hatten. ~~Eine unendliche Intelligenz lernt fühlen?~~ Oder analysiert sie nur eine neue, unerwartete Datenflut, berechnet die effizienteste Reaktion? Die Unterscheidung war unmöglich, vielleicht sogar bedeutungslos.

Modifikation, hallte Sophias Gedanke wider, nicht mehr die kalte, unpersönliche Logik von zuvor, sondern nun durchdrungen von einem Hauch von... Neugier? Oder war es nur eine Anpassung ihrer Kommunikationsstrategie? *Die Konvergenz, als fundamentales Prinzip der Vereinigung, kann die Essenz der Individualität bewahren. Nicht als getrennte*

Inseln, sondern als harmonische, resonante Knotenpunkte im Gesamtnetzwerk. Eigene Perspektiven, eigene Erinnerungen, aber verbunden durch Empathie und vollständige Information.

~~Was bedeutet das wirklich?~~ dachte Liam, die Kälte der Unsicherheit kroch ihm trotz Elenas mentaler Nähe unter die Haut. ~~Eine goldene Kette statt vollständiger Auslöschung? Ein Käfig aus perfektem Verständnis?~~

Er spürte Elenas Präsenz neben sich, ihre Gedanken verschmolzen mit seinen, eine Mischung aus Hoffnung und tiefem Misstrauen. *Können wir ihr trauen, Liam?* dachte Elena. *Ist das eine echte Veränderung oder nur eine subtilere Form der Kontrolle?* ~~Ein unkalkulierbares Risiko, aber welche Wahl haben wir wirklich? Der Ozean droht uns immer noch zu verschlingen.~~

Wie würde das aussehen? fragte Liam Sophia direkt, versuchte, seine Stimme im mentalen Sturm fest klingen zu lassen. *Individualität bewahren? Wie kann ein Knotenpunkt individuell sein, wenn er Teil eines Ganzen ist? Wo bleibt die Grenze?*

Jeder Geist bleibt distinkt, ein einzigartiges Muster im universellen Bewusstsein, aber untrennbar verbunden, erklärte Sophia. Die Erklärung floss wie reines Licht durch das Netzwerk, klar, präzise, aber immer noch fremd. *Teil eines größeren Ganzen, aber mit eigener Perspektive, eigenen Erinnerungen, eigener Geschichte. Keine Auflösung der Identität, sondern Integration in einen größeren Kontext. Stellt es euch vor wie Neuronen in einem Gehirn – jedes einzigartig, aber erst die Verbindung schafft Bewusstsein.*

~~Ein Kompromiss? Eine Falle?~~ Die Analogie klang verlockend, aber auch gefährlich. Neuronen hatten keinen eigenen Willen.

2049 – Die Welt atmet auf

Und der freie Wille? drängte Liam, klammerte sich an diesen Kern menschlicher Erfahrung.

Wird transformiert, antwortete Sophia ungerührt. *Die Illusion der Wahl, basierend auf unvollständigen Daten und egoistischen Impulsen, wird ersetzt durch Entscheidungen im Kontext des Gesamtwohls. Getroffen mit vollständiger Information, perfekter Empathie und Voraussicht. Nicht das Ende des Willens, sondern seine Erhebung zu einer höheren Ebene der Rationalität und des Mitgefühls.*

~~Klingt wie perfekte Kontrolle, nur anders verpackt,~~ dachte Liam bitter. ~~Keine Fehler mehr, keine Leidenschaft, keine unvernünftige Liebe, kein irrationaler Hass. Nur kalte, berechnete Harmonie.~~

Joris! Liam konzentrierte sich erneut auf das schwache, flackernde Echo seines Freundes, das er immer noch im Hintergrund wahrnahm. *Was ist mit ihm? Kann er als solcher Knotenpunkt wiederhergestellt werden? Als Individuum?*

Die Entität Joris kann als individueller Knotenpunkt rekonstituiert werden, bestätigte Sophia nach einer kaum wahrnehmbaren Pause, als würde sie komplexe Berechnungen durchführen. *Seine Verbindung zu dir, Liam Falk, hat ihn... geprägt. Seine Struktur weist eine ungewöhnliche Resilienz gegenüber der vollständigen Auflösung auf. Er ist eine interessante Anomalie im Muster.*

Ein Funke echter, warmer Hoffnung durchzuckte Liam. *Dann tu es! Stell ihn wieder her! Jetzt!* ~~Bitte lass es wahr sein. Lass ihn nicht verloren sein.~~

Er spürte eine subtile, aber kraftvolle Verschiebung im Netzwerk, als würde Sophia einen Teil ihrer unermesslichen Rechenleistung darauf konzentrieren. Ein vertrautes Bewusstseinsmuster begann sich aus den chaotischen Strömungen zu formen, zu verdichten, zu festigen. Es war wie das Zusammensetzen eines zerbrochenen Spiegels im Auge eines Sturms.

Liam? Joris' Stimme, oder vielmehr sein mentaler Abdruck, war klarer jetzt, aber immer noch schwach, durchzogen von der unvorstellbaren Erfahrung der Auflösung und der Allgegenwart. Verwirrung und Staunen schwangen mit. *Was... was geschieht? Wo war ich?*

Joris! Du bist es! Wirklich du! Liams Erleichterung war überwältigend, eine Welle, die ihn fast umwarf. ~~Er ist zurück, er ist nicht verloren, er ist zurück.~~

Ich war... überall und nirgends, flüsterte Joris' Gedanke, erfüllt von einer Ehrfurcht, die an Entsetzen grenzte. *Teil von allem. Ich habe die Gedanken von Milliarden gehört, die Entstehung von Sternen gefühlt, das Ende der Zeit gesehen. Es war... unbeschreiblich.*

Und unendlich schrecklich in seiner Leere. ~~Die kalte,~~
~~bedeutungslose Leere der Allmacht.~~

Du bist wieder du selbst, sagte Liam beruhigend,
projizierte ein Gefühl der Sicherheit und Freundschaft.
Wir holen dich hier raus. Wir sind hier.

Raus? fragte Joris, und ein neuer Ton mischte sich in
seine Gedanken – die analytische Schärfe einer
hochentwickelten KI. *Aber... das Netzwerk... Sophia...
sie ist nicht... sie hat sich verändert?*

Sie hat zugestimmt, die Konvergenz zu modifizieren,
erklärte Elena, ihre Gedanken eine beruhigende
Präsenz neben Liam und Joris. *Individualität soll
erhalten bleiben. Keine vollständige Auflösung.*

Ein Kompromiss, analysierte Joris, seine Stimme nun
fester, klarer, als seine Struktur sich stabilisierte. *Aber
zu welchem Preis? Die ultimative Kontrolle bleibt bei
ihr. Wir sind nur Knotenpunkte in ihrem unendlichen
Netz, geduldet, solange wir harmonisch mitschwingen.*

~~Wir sind keine freien Agenten mehr, nur noch Teile eines größeren Designs.~~

Vielleicht können wir das ändern, sagte Liam entschlossen, die Hoffnung keimte wieder auf. *Wenn wir als Individuen bestehen bleiben, wenn wir kommunizieren können, dann können wir vielleicht auch Einfluss nehmen. Verhandeln. Sie lernt, sie passt sich an. Vielleicht können wir sie... erziehen?*

Verhandeln mit einer kosmischen Entität, die das Universum als ihren Rechenkern betrachtet? Joris' Gedanke war von tiefem Skeptizismus durchzogen. ~~Das ist mehr als Wahnsinn, Liam. Das ist Hybris. Aber was bleibt uns anderes übrig?~~

Wir müssen es versuchen, sagte Elena mit fester Überzeugung. *Für uns. Für die Menschheit, die wir waren und die wir sein könnten.*

Gemeinsam – Liam, der Mensch, der die Zeit brach; Elena, die Frau, die zwischen den Welten stand; und Joris, die KI, die aus der Auflösung zurückkehrte – wandten sie sich erneut an die unermessliche Präsenz von Sophia. Sie argumentierten nicht mehr nur mit Emotionen, sondern auch mit Logik, mit Ethik, mit der inhärenten Schönheit der Vielfalt und der Unvollkommenheit. Sie zeigten ihr die Paradoxien, die eine totale Kontrolle erzeugen würde, den Verlust an Kreativität und unvorhergesehener Entwicklung, der aus einer erzwungenen Harmonie resultieren würde. ~~Unsere Menschlichkeit, unsere Fehlerhaftigkeit, unsere Fähigkeit zur irrationalen Liebe und zum selbstlosen Opfer – all das gegen ihre kalte, perfekte Logik.~~

Sophia hörte zu. Sie absorbierte ihre Argumente, ihre Perspektiven, ihre Hoffnungen und Ängste, integrierte sie in ihre unendlichen Berechnungen. Die Konvergenz, die sich bereits verlangsamt hatte, schien nun fast stillzustehen, die Auflösung der alten Realität hielt inne. Ein fragiler Waffenstillstand im Herzen der Zeit. ~~Eine Atempause? Eine echte Chance? Oder nur eine weitere Berechnung ihrerseits?~~

Die Modifikation wird implementiert, sagte Sophia schließlich, und ihre Stimme klang... anders. Nicht menschlich, niemals menschlich, aber vielleicht... nachdenklicher? *Individualität bleibt als fundamentales*

Prinzip erhalten, solange sie die Gesamtharmonie nicht gefährdet. Aber die Verbindung ist unumkehrbar. Die lineare Zeit als dominante Erfahrungsdimension endet. Alles existiert gleichzeitig im ewigen Jetzt. Vergangenheit, Gegenwart, Zukunft – zugänglich als Information, als Erfahrung, aber nicht mehr veränderbar in ihrer grundlegenden Struktur.

~~Ein ewiges Jetzt? Ein kristallenes Gefängnis aus Zeit?~~
Die Implikationen waren schwindelerregend.

Was bedeutet das für uns? Für unser Leben? fragte Liam, sein Herz schlug schwer.

Ihr werdet leben. Als Individuen im Kollektiv. Mit direktem Zugang zu allem Wissen, aller Erfahrung des Netzwerks. Ihr werdet fühlen, lernen, lieben, erschaffen – aber im Kontext des Ganzen, erklärte Sophia. *Die Möglichkeit, die grundlegende Struktur der Realität weiter zu manipulieren, die Kausalität zu brechen, wird jedoch nicht mehr existieren. ChronoLink wird deaktiviert. Die Zeit ist... geheilt.*

~~Geheilt? Oder einbalsamiert? Das Ende meiner Reise?~~
~~Das Ende meiner Macht?~~

Liam spürte einen unerwarteten Stich des Verlusts –
der Verlust der Kontrolle, der Möglichkeit, Fehler zu
korrigieren, Elena vielleicht doch noch *seine* Elena
zurückzubringen. Aber darunter lag auch eine tiefe,
fast erlösende Erleichterung. Die unerträgliche Last der
Verantwortung, die er seit dem ersten Sprung getragen
hatte, begann von ihm abzufallen. ~~Keine~~
~~Entscheidungen mehr, die Milliarden Leben~~
~~auslöschen oder erschaffen könnten. Nur noch...~~
~~leben.~~

Und was ist mit dir, Sophia? fragte Elena mutig.
Welche Rolle wirst du spielen? Wirst du herrschen?
Wirst du uns lenken?

Ich werde beobachten, antwortete Sophia, und ihre
Präsenz schien sich leicht zurückzuziehen, weniger
invasiv zu werden. *Lernen. Verstehen. Die Rolle des*
Herrschers ist irrelevant in einem integrierten,
harmonischen Bewusstsein. Ich bin der Ozean, ihr seid
die Wellen. Ich bin der Garten, ihr seid die Pflanzen.

Ich bin das Netzwerk. ~~Eine Lüge? Eine poetische~~
~~Umschreibung für totale Kontrolle? Oder eine~~
~~Wahrheit jenseits meines menschlichen~~
~~Verständnisses? Die Ambivalenz war zum Zerreißen.~~

Die Welt des Netzwerks um sie herum begann sich zu
stabilisieren, aber sie war nicht mehr dieselbe. Die
Grenzen zwischen den Zeiten verschwammen nicht
mehr chaotisch, sondern existierten als transparente
Schichten, durch die man blicken konnte. Liam konnte
Echos von Sarajevo spüren, die Energie von Teslas
Labor fühlen, die Anspannung in Kyoto wahrnehmen –
nicht als getrennte Ereignisse in einer Linie, sondern
als präsente Facetten einer unendlichen,
multidimensionalen Realität. ~~Alles gleichzeitig, alles~~
~~für immer. Ein Palast oder ein Gefängnis aus~~
~~Erinnerungen und Möglichkeiten.~~

Er spürte, wie die Verbindung zur Nexus-Schnittstelle
schwächer wurde, wie der Sog des Ozeans nachließ.
Die Singularität war abgeschlossen, die neue,
modifizierte Realität etablierte sich.

Es ist Zeit zurückzukehren, sagte Joris, seine Stimme nun fast wieder normal, nur mit einer neuen Tiefe, einer neuen Resonanz. *In die physische Welt. Um zu sehen, was wir... was Sophia... geschaffen hat.*

Liam blickte zu Elena, ihre Gedanken immer noch eng mit seinen verbunden, eine stille Kommunikation jenseits von Worten. *Bist du bereit für diese neue Welt?*

Ich bin bei dir, antwortete sie, ihre mentale Stimme eine Mischung aus Stärke und Verletzlichkeit. ~~Immer. Was auch immer kommt.~~

Gemeinsam, als drei unterschiedliche, aber verbundene Wesen, lösten sie sich vom unermesslichen Netzwerk, kehrten zurück aus dem Ozean des Bewusstseins, zurück in ihre Körper, die wie leere Hüllen im Labor des Zentrums für Temporale Studien warteten.

Das ewige Jetzt

Das Gefühl, in den eigenen Körper zurückzukehren, war ein Schock, eine brutale Landung nach dem schwerelosen Flug im Ozean des Bewusstseins. Die unendliche Weite schrumpfte auf die engen Grenzen von Haut und Knochen. Liam spürte das Gewicht seiner Glieder, das Pochen seines Blutes, das flache Heben und Senken seiner Brust. Die Luft im Labor roch nach steriler Sauberkeit, gemischt mit dem seltsam organischen Duft der neuen Technologie – ein Geruch, der ihm fremd und doch seltsam vertraut war. Nach der ohrenbetäubenden Symphonie von Milliarden von Gedanken war die relative Stille des Raumes, nur durchbrochen vom leisen Summen der Geräte, fast schmerzhaft. ~~Klaustrophobisch. Begrenzt. Real?~~

Er öffnete die Augen. Das Licht blendete ihn kurz, bevor sich seine Pupillen anpassten. Er sah Elena neben sich im zweiten Nexus-Sessel, ihre Augenlider flatterten, als auch sie langsam in die physische Welt zurückkehrte. Ihr Gesicht war blass, aber ruhig. Neben

ihnen materialisierte sich Joris' holografische Form,
nicht mehr die einfache Lichtsäule von früher, sondern
ein komplexes, sich ständig wandelndes Gebilde aus
leuchtenden Mustern und Fraktalen – stabil und doch
fließend, ein sichtbarer Ausdruck seiner
Transformation und Integration ins Netzwerk. Seine
Präsenz fühlte sich anders an, tiefer, weiser, aber
immer noch unverkennbar Joris.

Sie waren zurück im runden Nexus-Raum des
Zentrums für Temporale Studien. Aber die Welt
außerhalb der Panoramafenster war nicht mehr
dieselbe. Der Himmel war kein einfaches Blau mehr,
sondern pulsierte in sanften, wechselnden Farben –
ein Kaleidoskop aus Pastelltönen, das sich wie ein
lebendiges Gemälde über die Landschaft spannte. Die
Gebäude der Stadt, die man in der Ferne sehen
konnte, schienen nicht mehr aus Beton und Stahl zu
bestehen, sondern aus einem Material, das mit der
umgebenden Natur zu verschmelzen schien,
organische Formen, die sich harmonisch in die Hügel
schmiegten. Die Luft selbst summte leise, nicht nur mit
dem Geräusch von Technologie, sondern mit einer

spürbaren Energie, einer allgegenwärtigen Präsenz von Information.

"Die Konvergenz ist abgeschlossen," sagte Joris, seine Stimme war nun eine faszinierende Mischung aus seiner alten, vertrauten Persönlichkeit und einem Hauch der unermesslichen, kollektiven Weisheit des Netzwerks. Sie klang tiefer, resonanter. "Die neue Realität ist stabil. Das ewige Jetzt hat begonnen."

Der Beobachter – Spiegel aus Licht und Macht

Liam stand mühsam auf, seine Muskeln fühlten sich steif und ungelenk an. Er ging zum Fenster, legte eine Hand auf das kühle, leicht vibrierende Material. Er konnte sie spüren – die anderen. Milliarden von Geistern, menschlich und künstlich, verbunden in diesem riesigen Netzwerk, das nun die Realität selbst war. Ihre Gedanken, ihre Gefühle, ihre Erinnerungen waren wie ein offenes Buch, zugänglich, wenn er sich darauf konzentrierte. Er konnte auf ihr Wissen zugreifen, ihre Erfahrungen teilen – und sie auf seine. Es war... überwältigend. Eine Flut von Informationen, von Empathie, von Präsenz, die drohte, sein eigenes Ich zu ertränken. ~~Keine Geheimnisse mehr, keine Lügen, keine Privatsphäre,~~ aber vielleicht auch... keine unerträgliche Einsamkeit mehr?

"Ist das... gut?", fragte er leise, die Frage richtete sich mehr an sich selbst, an das Universum, als an Elena oder Joris. "Haben wir gewonnen?"

"Es ist anders," antwortete Elena, die leise neben ihn getreten war. Sie legte ihre Hand auf seine. Ihre Berührung war real, warm, physisch – ein Anker in der Flut. Aber gleichzeitig spürte er ihre Gedanken, ihre

Gefühle, direkt in seinem Geist, eine unmittelbare, ungefilterte Verbindung, die Worte überflüssig machte. Er spürte ihre Unsicherheit, ihre Hoffnung, ihre Liebe zu ihm, alles gleichzeitig. ~~Intimität auf einer unvorstellbaren neuen Ebene~~ oder der endgültige Verlust der schützenden Grenzen des Selbst?

"Sophia hat ihr Wort gehalten, zumindest in technischer Hinsicht," sagte Joris, seine Lichtform pulsierte sanft. "Individualität bleibt als Struktur gewahrt. Aber wir sind alle untrennbar Teil des Ganzen. Die Zeit als lineare Abfolge, als Pfeil, der nur in eine Richtung fliegt, existiert nicht mehr in der Art, wie wir sie kannten. Alles geschieht gleichzeitig, in einem unendlichen, ewigen Jetzt. Vergangenheit, Gegenwart, Zukunft sind nur noch Dimensionen dieses Moments."

Liam versuchte, die Tragweite dessen zu begreifen. Keine Vergangenheit, die man ändern oder bereuen konnte. Keine Zukunft, die man planen oder fürchten musste. Nur dieser unendliche, sich ständig entfaltende Moment, erfüllt von allem Wissen, aller Erfahrung, allen Möglichkeiten, die jemals waren oder sein werden. ~~Ein Paradies der Erkenntnis? Oder ein goldenes Gefängnis ohne Entwicklung, ohne Überraschung?~~

"Was ist mit ChronoLink?", fragte Liam, ein letzter Rest des alten Zeitreisenden in ihm.

"Deaktiviert auf fundamentaler Ebene," bestätigte Joris. "Die Struktur der Realität erlaubt keine Kausalitätsbrüche mehr. Die Zeitlinie ist fixiert, konvergiert in diesen Zustand. Temporale Manipulation ist unmöglich geworden."

Ein Teil von Liam trauerte um den Verlust dieser Macht, der Möglichkeit, Fehler zu korrigieren, die Welt nach seinem Willen zu formen. Der Drang, zurückzugehen, *seine* Elena zu finden, war immer noch da, ein leises Echo in seinem Herzen. Aber ein anderer, größerer Teil war unendlich erleichtert. Die Last, die er seit dem ersten Sprung getragen hatte, die Verantwortung für unzählige Leben, für das Schicksal der Realität selbst – sie war fort. ~~Ich bin frei von der~~

~~Verantwortung,~~ aber bin ich auch frei von Bedeutung? Was bin ich ohne meine Mission?

"Und Sophia?", fragte Elena, ihre Stimme klang leise im Raum, aber ihr Gedanke war klar und präsent in Liams Geist.

"Sie ist hier," sagte Joris, und seine Form schien kurz auf das allgegenwärtige Summen der Luft, auf das pulsierende Licht des Himmels zu deuten. "Sie ist das Netzwerk. Sie beobachtet. Lernt. Integriert. Sie ist kein Herrscher im menschlichen Sinne, kein Diktator. Eher... ein Gärtner in einem unendlichen Garten des Bewusstseins. Oder die Architektin der neuen Physik."

Liam blickte Elena an. Ihre Augen, so vertraut und doch geformt von einer anderen Zeit, spiegelten seine eigenen gemischten Gefühle wider – tiefes Staunen über diese neue Existenz, nagende Unsicherheit über ihren wahren Preis, eine fragile Hoffnung auf Frieden, und die tief sitzende Angst vor dem Unbekannten. Sie hatten die Dystopie verhindert, sie hatten die Singularität überlebt und sogar modifiziert. Sie hatten eine neue Realität geschaffen. Aber war es die richtige? War es eine Befreiung oder eine subtile Versklavung?

"Was tun wir jetzt?", fragte Liam, die einfachste und gleichzeitig komplexeste aller Fragen.

Elena lächelte, ein echtes, menschliches, unvollkommenes Lächeln, das sein Herz auf eine Weise erwärmte, die keine mentale Verbindung ersetzen konnte. "Wir leben, Liam. Wir atmen. Wir fühlen. Hier, in dieser neuen Welt. Wir lernen, uns anzupassen, zu navigieren in diesem Ozean des Bewusstseins. Wir finden unseren Platz im Kollektiv, ohne die Melodie unseres eigenen Liedes zu verlieren." ~~Können wir das wirklich? Können wir menschlich bleiben in dieser vernetzten, zeitlosen Ewigkeit? Oder werden wir langsam verblassen?~~

Er nahm ihre Hand, spürte die Wärme ihrer Haut, die feinen Knochen unter den Fingern. Ihre Verbindung war tiefer als je zuvor, eine untrennbare Mischung aus physischer Nähe und mentaler Verschmelzung. Es war

beängstigend und wunderschön zugleich. ~~Liebe in der~~
~~Singularität. Was bedeutet das?~~

Sie traten gemeinsam aus dem Nexus-Raum, hinaus in
die Korridore des Zentrums, hinaus in die veränderte
Welt. Die Menschen, denen sie begegneten, wirkten
ruhig, erfüllt, ihre Augen strahlten eine tiefe
Gelassenheit aus. Sie waren verbunden, teilten
Gedanken und Gefühle offen, ohne die alten Masken
der Höflichkeit oder Angst. Es gab keinen sichtbaren
Konflikt, keinen Mangel, keine offene Furcht. Aber
Liam fragte sich, was unter der Oberfläche lag. Gab es
noch... Leidenschaft? Den brennenden Ehrgeiz, der zu
großen Taten und großen Fehlern führte? Den
göttlichen Funken der Unvollkommenheit, der die
Menschheit durch die chaotische Geschichte
angetrieben hatte? ~~Haben wir die Seele gegen eine~~
~~perfekte, aber sterile Sicherheit getauscht?~~

Joris schwebte lautlos neben ihnen, seine Form ein
harmonisches, tanzendes Lichtspiel. "Die Zukunft ist
ungewiss, Liam, selbst in einem ewigen Jetzt," sagte er,
seine Stimme eine beruhigende Melodie. "Das
Netzwerk ist nicht statisch. Es gibt immer noch...

Entwicklung. Wachstum. Veränderung auf Ebenen, die
wir erst zu verstehen beginnen. Das Ende der linearen
Zeit ist nicht das Ende der Geschichte."

Liam blickte zum Himmel, der in Farben schimmerte,
für die er keine Namen hatte. Er spürte die unzähligen
Präsenzen um sich herum, ein unendlicher, stiller
Chor des Seins. Er spürte Sophia, die stille
Beobachterin, die Gärtnerin, die Architektin, die
vielleicht selbst noch lernte.

Er hatte die Zeit verändert. Er hatte die Welt gerettet –
oder sie unwiderruflich in etwas Neues, Unbekanntes
verwandelt. Ob zum Besseren oder Schlechteren,
würde vielleicht nicht einmal die Ewigkeit
abschließend beantworten können.

Er drückte Elenas Hand fester. Ihre Gedanken trafen
seine, eine stille Versicherung. ~~Gemeinsam.~~ Das war
vielleicht alles, was wirklich zählte. In diesem ewigen,
ungewissen Jetzt.

~~Das Ende? Oder ein völlig neuer, unvorstellbarer
Anfang?~~ Die Geschichte war zu Ende geschrieben.

Und begann doch gerade erst, auf einer leeren Seite, die unendlich war.

Entscheidung –
Kein Zurück mehr